百部红色经典

秋葵

萧也牧 著

北京联合出版公司
Beijing United Publishing Co.,Ltd.

图书在版编目（CIP）数据

秋葵 / 萧也牧著. -- 北京：北京联合出版公司，2021.7（2022.11重印）

（百部红色经典）

ISBN 978-7-5596-5018-4

Ⅰ.①秋… Ⅱ.①萧… Ⅲ.①短篇小说—小说集—中国—现代 Ⅳ.①I246.7

中国版本图书馆CIP数据核字(2021)第015263号

秋葵

作　　者：萧也牧
出 品 人：赵红仕
责任编辑：夏应鹏
封面设计：王　鑫

北京联合出版公司出版
（北京市西城区德外大街83号楼9层 100088）
北京新华先锋出版科技有限公司发行
三河市宏达印刷有限公司印刷　新华书店经销
字数205千字　787毫米×1092毫米　1/16　14印张
2021年7月第1版　2022年11月第2次印刷
ISBN 978-7-5596-5018-4
定价：49.00元

版权所有，侵权必究
未经许可，不得以任何方式复制或抄袭本书部分或全部内容
本书若有质量问题，请与本社图书销售中心联系调换。电话：（010）88876681-8026

出版前言

为庆祝中国共产党成立100周年,全面展现中国共产党成立以来中华民族辉煌的发展历程、取得的伟大成就和宝贵经验,集中体现中华民族的文化创造力和生命力,北京联合出版公司策划了"百部红色经典"系列丛书,希望以文学的形式唱响礼赞新中国、奋斗新时代的昂扬旋律。

本套丛书收录了近一百年来,描绘我国人民在中国共产党的领导下艰苦奋斗、开拓创新、改革开放的壮美画卷,充分展现我国社会全方位变革、反映社会现实和人民主体地位、弘扬社会主义核心价值观、讴歌中华民族伟大复兴中国梦的100部文学经典力作。

本套丛书汇集了知侠、梁晓声、老舍、李心田、李广田、王愿坚、马烽、赵树理、孙犁、冯志、杨朔、刘白羽、浩然、李劼人、高云览、邱勋、靳以、韩少功、周梅森、石钟山等近百位具有代表性的中国现当代著名作家。入选作品中，有国民革命时期探索革命道路的《革命的信仰》《中国向何处去》，有描写抗日战争的《铁道游击队》《敌后武工队》《风云初记》《苦菜花》，有描绘解放战争历史画卷的《红嫂》《走向胜利》《新儿女英雄续传》，有展现新中国建设历程的《三里湾》《沸腾的群山》《激情燃烧的岁月》，有寻找和重建民族文化自信的《四面八方》，也有改革开放后反映中国社会现状、探索中国道路的《中国制造》，同时还收录了展现革命英雄人物光辉事迹的《刘胡兰传》《焦裕禄》《雷锋日记》等。

本套丛书讲述了丰富多样的中国故事，塑造了一大批深入人心的中国形象，奏响了昂扬奋进的中国旋律。这些经历了时间检验的文学作品，在艺术表现形式、文学叙述方式和创作技巧等方面都具有开拓性和创造性，作品的质量、品位、风格、内涵等方面都具有很高的水准，都是有筋骨、有道德、有温度的优秀作品，很多作家的作品都曾荣获"五个一工程奖""茅盾文学奖""鲁迅文学奖""国家图书奖"等奖项。

为将该套丛书打造成为集思想性、艺术性、时代性为一体，展现新时代文学艺术发展新风貌的精品图书，北京联合出版公司成立了由出版界、文学艺术界的资深专家和学者组成的编辑委员会。他们从文学作品的历史价值、文学价值、学术价值、现实意义等维度对作品进行了深入细致的研读和筛选，吸收并借鉴了广大读者的意见与建议，对入选作品进行深入细致的分析与综合评定，努力将"百部红色经典"系列丛书打造成为政治性、思想性和艺术性和谐统一的优秀读物，向伟大的中国共产党成立100周年这一光荣的日子献礼！

/ 目 录 /

秋 葵　　　　　　　//001
连绵的秋雨　　　　//022
我和老何　　　　　//041
识字的故事　　　　//060
母亲的意志　　　　//074
携手前进　　　　　//089
海河边上　　　　　//102
爱 情　　　　　　　//120
小兰和她的伙伴　　//130
掀帘战　　　　　　//151
拿炮楼　　　　　　//154
过封锁沟　　　　　//158
王二栓　　　　　　//162
张老汉跳崖　　　　//165
"我是区长！"　　　//168
地道里的一夜　　　//172
罗盛教　　　　　　//181

秋 葵[1]

一九四三年秋天，敌人调动了十万人马到根据地里来"扫荡"。当时我正害大病，病症很奇怪：不发作，并不怎么严重，一发作，随时随地就会突然昏倒，弄得我四肢无力，疲弱不堪。转移起来，得有人扶着，情况紧张了，得有人背着，成了累赘。更可虑的是拖了好久，没法静心休养，病总不见轻。经过几年的战争，我们摸到了敌人一条规律：敌人的兵力不足，每当它到根据地里来"扫荡"的时候，对游击区就控制不住了。医生看出我的病一时好不了，决定把我送到行唐县游击区去休养。护送我的是个女护士，名叫秋葵。她的家在行唐县贾良村，离敌人的炮楼只二里地。

秋日的天气变幻无常。秋葵正领着我走到离贾良村不远的大道上，忽然天空乌云密集，雷声隆隆，眼看有一场大雨。这时候，忽听得背后传来嘈杂的响声，不知道是敌人的骑兵来了，还是敌人抢粮的大车回来了。

秋葵一把抓紧我的胳膊，一弯腰钻进了道旁的青纱帐里。一阵狂

---

[1] 本书收录的作品均为萧也牧的代表作。其作品在字词使用和语言表达等方面均具有鲜明的时代特色。此次出版，根据作者早期版本进行编校，文字尽量保留原貌，编者基本不做更动。

风紧钉着我们追进来,吹得遍地的高粱前仰后合,穗头直碰地皮。黑漆漆的天空裂开条条雪亮的大缝,瓢泼似的大雨直浇下来。我刚站住脚,冰凉的烂泥一下陷到脚背。天地上下左右晃动着,好象脚下不是土地,而是浮沉在波浪上的一排竹筏。秋葵拦腰把我抱住了。我只觉得脊梁上一阵麻木,眼前闪出点点金花,天旋地转,身子渐渐地往下沉,象是掉进了无底的深渊。

不知道过了多长时间,有人在我耳边喘气。突然觉得脖子上,脊梁上很热,头上出了汗,我伸手去揩,才发觉两条胳膊被什么东西夹住了,一动也不能动。

"再躺一会儿吧,刚才你昏过去了。"

原来我躺在秋葵的怀里。挣扎着站起来,脊梁上还觉微温。一阵冷风吹来,我不禁打了个冷颤,象是从生火的屋里猛一下走到雪地上。

秋葵出了口长气说:

"真吓死人!"

冷不丁地,她差点儿没大声嚷起来:

"哎哟!你看,这不是块石头吗?怎么刚才连影儿也没瞅见!"

她站在我的背后,双手扶着我的肩膀往前走,这才知道地上到处是汩汩的流水。

不知道这是谁家的坟墓,也不知道这块墓碑为什么倒下了。我和秋葵背靠背坐在墓碑上。

雨已经住了点。墓碑下有只蟋蟀断断续续地"瞿!瞿!"叫着,打破这长夜的寂寞。秋葵时而按按我的脉搏,时而摸摸我的前额,自言自语地说:

"雨停了,天亮了,到了家,什么也不怕了。可怕就怕……"话突然煞住了,她用手摇摇我的肩膀,"你瞧,天上那颗星星多亮啊!你瞧得见吗?"

这使我联想起一件事来。

还在神仙山上的时候，有一回我退烧以后，忽然两眼模糊得不分黑白，吓得她当着我的面放声哭起来。后来，我的眼睛好了，她还是不放心，每天都要来试试我。她竖着指头问我："几个？"有一次，她离我丈把远，我也能数清她竖着几个指头的时候，她是那样兴奋，悄悄地去通知我们病号队的每个同志，还特地跑去告诉房东大娘，似乎要让每一个人都分享她的快乐。

我抬眼瞧瞧天空，灰蒙蒙的一片，星星在哪里呢？可是我还是说：

"唔，瞧见了，这可瞧见了！"

"你说说有几颗星？"

"有好些呢！"

"嗳，可惜一颗星也没有。……"

我赶紧对她说，我并没有瞧见星星，我是骗她的。她怎么也不信，只是叹气。

天空越来越黑，我和秋葵默默地坐在墓碑上，迎接暴风雨后的黎明，直到从不远的地方传来了一声鸡啼。

她听着，连呼吸都显得急促起来，用胳膊肘使劲碰了我一下，压低了嗓音急急地说：

"你听，你听！这是我家三条腿在叫明哩！天天它叫了第一声，旁的鸡才跟着叫哩。……"

她说着站起来，使劲摇晃着坟前那棵小白杨树，滴滴答答摇落了一树的水珠。

我问那只鸡为什么叫"三条腿"。

她说，那只鸡还没拳头大的时候，有天晚上，鸡窝门没关严实，来了一只黄鼬，一口叼住它一条腿儿往外拖。我娘从黄鼬嘴里救了它的命，用布把伤腿包扎好，暖在炕头上。它伤好了，腿拐了，走道象支着根棍子一样，我们就给它取了个外号，叫"三条腿"。

"三条腿"拐是拐,跑得可不慢。有一回，前庄炮楼上下来两条"黑狗"[1]，见了"三条腿"，堵住东西两头，那个追呵，追了一条街，可是连根鸡毛也没逮住，"三条腿"还是跳墙跑了。从此它学了乖，穿黑衣服的再也到不了它跟前。

"它见了你，也准得拔腿就跑。你信不信？"

她从"三条腿"又说到她家那只老母鸡。老母鸡下蛋背着人。谁也不知道它把蛋扔在哪里了。有一回，她上树捋杨叶，才发现了麦秸堆顶上有一大堆蛋。

"你瞧，我这件袄就是卖了鸡蛋买的。"

她见我听得入神儿，老不言语，忙问：

"你听我说话累不累？"

呵！她把我看成什么人了？我禁不住笑起来。

这时候，鸡叫声此起彼落地响成一片，已经听不出哪是"三条腿"的声音了。她轻轻地出了口长气说：

"天真亮了！"

太阳冒过高粱尖，青纱帐里浮起一片雾。她折了根秫秸，刮掉了糊在身上一片一片的泥，在水坑里洗了洗脚，又洗了洗鞋，把鞋晾在树叉上。她拢了拢一头漆黑的头发，从挎包拿出块包袱皮，把湿被子包成包，挎在胳膊弯里，往前走了几步，回过头来问我：

"象不象串亲回来？"

她抬头瞧瞧太阳，回到我跟前说：

"再陪你坐一会儿吧，一小会儿。"

让我吃了药，她先把我们俩的粮票菜金全都给我留下了，又背朝着我撩起袄角，摸索了半天，掏出两块现大洋，放到我的手心里。这两块现大洋暖和和的。象是刚从温水里捞出来的一样，她瞅了我一眼说：

"这还是我离家的时候我娘给的。你拿着吧，不防一万，防个

---

[1] 黑狗：指当时的伪军。当时伪军多穿黑色的衣服，因此称其为"黑狗"。

万一。……你就在这里呆着,别动,保险没问题。我先到村里去看看,回头来接你。"

说着,她走了。我感到若有所失,忘记了说话。

我正呆呆地望着那林立的高粱,忽见她又拨开高粱秆返回来了,蹑手蹑脚地走到我的面前,望望四周,弯下腰来,把嘴冲着我的耳朵眼儿说:

"我忘了对你说句话:要是天大黑了,我还不回来,你就设法自己走吧。不论到什么时候,你要沉住气。"

我在这片高粱地里整整呆了一天。这一天过得那样慢,象是挨了十年。

天已经黑了很久,秋葵还没有回来,我应该听她的话,赶快离开这里。在战争的年月里,早上还在一起说说笑笑、打打闹闹的一伙人,到了晚上只剩下一个活在世上,那是常有的事呵!何况在游击区,敌人抬抬脚就到了你跟前。当我下决心要离开这片高粱地的时候,心里一阵阵感到剧烈的痛苦。

当真就走吗?要是就在这时候她回来了呢?要是刚好我走了她就回来了呢?要是她到了这块墓碑旁边,走遍这块高粱地,怎么也找不到我,那她会怎么想呢?她又该怎么办呢?

我站起又坐下,坐下又站起。一种由犹豫、不安、侥幸、希望交织起来的心情使我难以自持,我不知道世界上还有什么事情会使我那样困惑。

我深深地后悔不该跟她上这里来。怎么为了自己的生命,让一个十七八岁的女孩子去冒生命的危险?眼前的遭遇,事先是完全可以意料得到的。恐怕秋葵比我预料得更为充分、具体吧?她是个爱说爱笑的人,可是她领着我一进入"无人区"[1],越过封锁沟,直到钻进青纱

---

[1] 无人区:指被敌人用烧杀手段造成的无人地区。

帐，都显得那么沉默。每当我们俩的眼光碰在一起的时候，她总是呆呆地微笑。我想我应该毅然决然地改变计划回到山地去！为什么仍然拖着病歪歪的身子跟着她走，把一副如此沉重的担子压在她身上？我想到这一切，脑门儿上的青筋暴起，头皮痒得难受。

别看她个儿长得差不多和我一般高了，如果是在和平的年月，象她这么大的人，正应该无忧无虑地生活，到山岗上去采集五色的野花，到菜花地里去扑打飞舞的蝴蝶，遇到不称心的事，滚在妈妈怀里撒娇。

她自然还是个孩子，她的眼睛几乎和婴儿的眼睛一样：眼白带一点浅蓝色，眼珠如同黑宝石。我病重的时候，不论是深夜或是黎明，从蒙胧中一下醒来，总是看见她默默地坐在炕沿上，在她那纯洁无瑕的婴儿般的眼睛里，我看到了她无穷的忧虑。

当我昏迷不醒的时候，不分白天黑夜，她一步也不离开，连吃饭也把碗端到我的跟前来吃，成天不说一句话。她并不知道这会使我多么着急。我几次挥挥胳膊撵她走，她当真顺从地走了。可是我每回醒来，看见她还是在炕沿上坐着。连日的发烧使我的两眼不分黑白，可是，就是在这时节，我似乎仍然看到她那婴儿般的纯洁无瑕的眼睛，在她的眼睛里，我看到了她怎么也掩饰不了的恐惧。

一天深夜里，我们转移到神仙山上。她把我塞在一个石窟窿里，自己坐在洞外的一块石头上。第二天清早，我从窟窿里钻出来，一眼看见她还是一动也不动地坐在那块石头上。我以为她睡着了，谁知道她猛一下转过身来，只见她右手拿着颗手榴弹，拉火弦套在她那微微弯曲的小拇指上。这时候，我又看到她那婴儿般的纯洁无瑕的眼睛闪闪发亮。

在我的记忆里，从开始"扫荡"以来，她似乎没有睡过觉。奇怪的是，她总是那么神采奕奕。在我的面前，她从来没有打过一个呵欠。奇怪的是，她的一双眼睛依然那样清澈，那样纯洁。我老是催她去睡觉，哪怕打个盹儿也好，她总是对我为难地笑笑。我问她：

"你真不觉得累呀？你是铁打的？"

"你病成这个样子,我怎么能闭上眼睛?"她抽抽噎噎地说,象是受了谁的委屈。

我和秋葵的相识,为时不过两个月。其中有个半月,只是她来送水、送饭、试体温的时候,我们才见面。在十天之前,我才知道她叫秋葵。我和她不是亲戚也不是朋友,我们的相识仅仅是因为我是个病号,而她是个护士。可是她在我心里所留下的东西是那样的丰富。

现在,她走了,她把粮票菜金全都给我留下来,还把她仅有的两块现大洋给了我。这两块现大洋是她离家前夕她母亲一针针替她缝在贴身布衫里的。

她走了,她叫我不论到什么时候都要沉着。她走了,到现在还不见回来。

我站起又坐下,坐下又站起。我心里默念着数字,一面打定主意,数到一百,再不见她回来,我就走。可是,数到一百五十,还是不见她回来。我重新打定主意,再数一百,她再不回来,我无论如何也得走了。

"我忘了对你说句话,要是天大黑了,我还不回来,你就设法自己走吧。不论到什么时候,你要沉住气。"

秋葵临走时的嘱咐仍在我的耳边响着。看来她再也不会回来了!我应该听她的话。在这时刻,我是那样感到孤单,我是那样感到沉重,我竭力忍住满眶的眼泪。……

我拨开高粱秆,深一脚浅一脚地往前走。透过青纱帐,远远地望见横在前面的大道。我的心卜卜地跳得这样厉害。

突然背后传来切切察察的一阵响,我马上蹲下来。回头一看,有个黑影弯着腰向我这边钻过来。几年的战争生活使我变得机警,伸手在地上乱摸,若能摸到一块石头,那就好了!真是叫人着急,摸到的是一手烂泥。我急忙站起,哗哗哗哗,前面的高粱秆迅速地向两边分开,一阵风似的钻出个人来,猛一下扑过来,一把抓住了我的手,喘嘘嘘地说:

"啊哟！到底让我——找着了！你——没跑了？"

原来这人就是秋葵。

"把你等急了吧？"

"没有……"

她噗哧一笑：

"没有？"

"我知道你会回来的。"

她唉了一声说：

"你怎么知道！差点儿见不上你的面了！"

她紧紧地抓住我的胳膊往前走，怕我飞了似的。她边走边说：

"到了家，什么都好说了。我娘可心软哩，见你瘦得猴儿似的，她准得掉泪。你信不信？你想吃什么，我叫她给你做……

"还有件事，你得记住，见了我娘，可别问她眉梢上怎么落下了个小鱼似的疤。……"

她领着我出了这片高粱地。道边停了一辆装着半车高粱秫秸的大车。一头小驴正在道边啃青草。她让我躺在车上，对我说：

"你不论听到什么，哼也别哼！"

她说着，抱着秫秸秆一捆一捆地往我身上盖。秫秸秆上散发着一股泥土、青草混合起来的气味。这气味强烈得使人呼吸急促，使人心醉。

车轮颠簸，车身震动，车在前进了。我的耳朵变得这样灵敏，白杨树在风里摇晃，积水坑里溅起阵阵的水花，风儿卷着团团的落叶滚过……我都听得真切。渐渐感到车身不再颠簸了，秋葵挥动着鞭梢，吆喝着牲口，前前后后地走着。

"快进村了！"透过层层密密的高粱秆，我听得秋葵压低了嗓音说。

"得儿得儿！"她吆喝着牲口。车身猛一颠动，有一个沉重的东西压到我的小腿上。原来她跳上车来坐在秫秸秆上了。

"啪！啪！"响起了清脆的鞭声。

远远听得有人在问：

"啊哟，是秋葵吗？这些日子上哪儿去了？"

"姨姨家。回来收秋来了。"

她应声跳下了车。

"啪！啪！"又响了两鞭。

"你姨姨身子骨结实了吧？"

"好歹能下炕了——喔吁！"

不断听见秋葵和人答话，不断听见嘈杂的脚步声，大约车已经进村了。咯吱一声，梢门开了。车身往上一跳，过了脚台。又是咯吱一声，门关上了。"吁！"车身晃动了一下，停住了。

盖在我身上的秫秸，三下两下全被掀掉了。睁开眼来，但见满院子的月光，蓝得透亮的天上有片轻纱似的白云飞过。

台阶上下来个大娘，一手端着只灯碗，一手遮住灯碗的前沿，走到我的跟前，眯着眼瞧了我好一会儿，出了口长气：

"阿弥陀佛！"

这当儿，我看见大娘的眉梢上当真有一个疤，一指来宽，疤上闪着跳动的灯光。

秋葵跳进猪圈，向我招招手。我到了圈边，见她搬开了喂猪的石食槽，下面露出了洞口。她从大娘手里接过灯碗，悄声悄气地对我说：

"跟我下来！

这是个秘密洞，有五尺来宽，八尺来长，一人高。褥子底下铺着厚厚的干草。被子是新拆洗过的，散发着一种不知什么气味，凡是衣、被在强烈的阳光下晒过以后都有这种气味。我闻到这种气味，全身肌肉都松弛了，呵欠连连不断。一月来的劳累，到了这么个安静、暖和的角落，有说不尽的舒适。头一挨着枕头，就睡着了。

在洞里不知白天和黑夜。下洞的头几天，我吃了就睡，睡醒了就吃，有时醒来，翻个身又睡着了。谁知道不出四天，我马上遭到了寂寞的袭击，再也睡不着觉，连喘气都感到侷促。

送饭、送水等等都是秋葵两个弟弟的事，不是火筒来，就是小多来。秋葵自己轻易不下来，即使来了，也呆不上多大会儿。我问她为什么，她笑笑说：

"这是分工！"

她不常来，愈使我纳闷儿。好象她很忙，不知道在忙些什么。每当寂寞难耐的时候，我摸着火柴，点亮挂在壁上的一盏油灯。在那洞壁上的窑窝里，搁着半截挖了心的大白萝卜，里边嵌着一圈蒜瓣。借着萝卜的滋润，蒜瓣正抽放出碧绿的苗儿。秋葵说，这是她娘让她端来的。据说眼神模糊的时候，多看看绿色，就会清爽发亮。秋收已经完了，这是地面上能找到的唯一绿色。可是瞧着这一簇簇的绿苗，愈使我渴望瞧一眼无边的旷野，渴望瞧一眼爽朗的长空，渴望着流畅的空气，渴望着温暖的阳光，渴望着和人说句话儿。

幸好洞顶上有个气眼，这个气眼通到大娘外间屋里水瓮背后的墙根上。通过这个气眼，可以听到从地面上传来的声音。卡卡的劈柴声，款答答的拉风箱声，哗哗哗的一瓢瓢水倒进锅里的声音，偶尔也能听到咳嗽的声音……这一切似乎是生平第一次引起我的注意，听来竟然是那样动人。

有一天，突然听见头顶上冬冬冬的一阵响，紧接着传来小多的哭声。我忙把耳朵贴着气眼，只听见大娘压着火气愤愤地说：

"你小他小？你就不让他多咬一口？"

火筒带着哭音说：

"我饿得肠子挽上疙瘩了。……"

"你就没吃过糠窝窝？多吃一口就胖了？"

"我饿……"

"你松手不松手？"

"啪！啪！啪！"象是扫帚疙瘩打人的声音。

火筒放声大哭,一下又变成了"闷闷闷"的嚎叫,疑是火筒的嘴巴被大娘捂住了。

晚上,火筒送饭来。一看是小半罐面条,大半罐鸡块,面上浮着一层油花,我忙问火筒:

"你家今天吃什么?"

"也是面条、鸡。"

"你吃了几碗?"

"满满的三大碗。"

我吃了几口,再也塞不下去,胸口象是叫什么东西堵住了。

火筒才拾掇了碗筷,提着瓦罐钻出去,秋葵又提着瓦罐下来,盛了满满的一碗,放在我面前。她两眼盯着我,直盯得我低下头来。在她那对纯洁无瑕的婴儿般的眼睛里,我看到了她的恳求和责备。

为了我的缘故,不论是在精神上,还是在物质上,这一家人受到了多大的连累!我愈想愈觉得后悔,真不该跟秋葵上这儿来。急于离开这儿的念头油然而生。可恨的是我的病总不见轻。虽然不再发高烧了,可是身子骨软弱得厉害,伸伸胳膊抬抬手都觉得累。我想,上去晒晒太阳,透透空气,病就好得快了。我把这意思对秋葵说了几次,她总是无力地摇摇头。

她说,这儿是游击区。虽说村政权还是掌握在我们的手里,可是天下没有不透风的墙,敌人说到就到,有个三长两短,谁敢担保?

她说,就在去年麦夏,本区的马区长在这村里养病,被敌人逮住了。开头,敌人不知道他是干嘛的,后来,在他的指甲缝里发现了一点蓝墨水点子,就知道他是个干部。可是敌人装作不知道,指着他问老百姓:他是不是"良民"?大伙儿都说是。敌人就问谁敢替他担保?

"那时候,我爹还在。他是个"两面干部'[1]。这当儿,他就站出来,走到敌人跟前说:'我敢担保!'敌人笑笑,顺手把他也捆

---

[1] 两面干部:指新中国成立前在敌方工作的我方干部。

011

上了。……"

她说到这里，脸色变得蜡黄，胸部一起一落地，说不下去了。歇了好一会儿，才接着说：

"这当儿，我娘一头向敌人扑过去，敌人把刺刀一挡，在我娘的眉梢上挑了一大块。呵！真吓死人！我娘的半件白褂都被鲜血染红了。……"

她喘了口气，又说：

"敌人把马区长逮到炮楼上，把他的衣服剥了个精光。敌人拿着马刀，用刀尖指指他那暴起条条肋骨的胸口，那条驴也似的洋狗冲着马区长瘦筋巴骨的身子猛扑过去，撕开了他的肚皮。他家里的人来收尸的时候，只取走了一条大腿。

"那年我娘听到了这消息，不到一个月，一头的黑发全变白了，满嘴的牙齿全都活落了。到地里去锄地，丢了锄头；做饭的时候，把韭菜当成面条，囫囵扔到锅里，把面条当成韭菜全切碎了。……老白呵老白！你说说：吓人不吓人？我娘直到听说爹没有死，被运到东三省去下煤窑了，她心里才落下了块大石头。……"

我再也不敢看她一眼，只听见她呼哧呼哧地喘气，接着她有气无力地说：

"我想起这些事来，心里就害怕。我怎么敢答应你出去晒太阳？"

从此我就断绝了上去晒晒太阳的念头，打定了主意：好歹能动弹了，立刻离开这里回山地去，我没有任何理由让这家老小为了我心惊胆颤。同时，我也懂得了今后应该怎样去安排自己的生活。此后每当秋葵下洞来问长问短的时候，我再也不提晒太阳的事。可是事情往往出乎意外，有一回她急急忙忙地下来了，还没见她人，就听见她说：

"报告你一个好消息，从明天起你可以出去晒太阳了！"

说什么我也不答应。这使得她十分恼火，竟然说：

"你怕死，是不是？"

这话把我气得冷了半截，我还有什么话可说呢。这时候她轻声地笑了，赶紧给我说宽心话，带着恳求的口吻，劝我明天出去晒太阳。

后来我才知道，为了我要求出去晒太阳的事，她曾经向村的党支部请示过好几回，直到那天才得到党支部同意的。

从此，三天两头，我就上来晒太阳。这成了我两个月来穴居生活中最快乐也最紧张的时刻。每次爬出去，总是累得一身大汗，可是也给我带来了新的力量。

当我在院子里晒太阳的时候，梢门总是开得比平时还大。大娘坐在大门外纺线，秋葵坐在梢门洞里纳鞋底。火筒和小多拿上耙子，背上筐子，绕着村子去搂柴禾。大娘原是纺线的好手，在这当儿纺出来的线，可就变了样了，七断八个结的，穗子上尽是疙瘩。火筒和小多，拾的柴禾也不多。

就在离开秋葵家的前五天的晌午，我正在院里晒太阳，忽听得大娘在门外接二连三地大声咳嗽，秋葵拿着鞋底走出门去一扭头又转回来，脸色变得煞白，冲着我指指猪圈。

我走到猪圈边，她已经把食槽搬开。我正准备下洞去，她一把又拉住了我：

"慢着，我上房瞅瞅，最好转移出去。……"

"哐！哐！哐！"街上传来一阵锣声。随着有一个苍老的嗓子，拉长了声调吆喝过来：

"全村男女老少听着！预备好'良民证'，炮楼上有人下来查户口啦！"

"哐！哐！哐！"

秋葵三脚两步爬着梯子上了房。她一脚踏上房顶，转身就从梯子上滑了下来，急急地对我说：

"下下下！"

和这同时，大街上哐啷啷的一声响。象是那面锣掉在地上了。一个粗野的嗓子在骂街：

"妈了个×！谁叫你敲锣？你不想活啦？"

我深深地吸了口气,急速地爬进了洞,张着大嘴直喘气,我竭力振作,擦着火柴才点上灯,一下倒下了,再也支不起来。秋葵紧跟着下来了。昏迷中只见她手里拿着把切菜刀,用拇指试了试刀刃。她全身贴在洞壁上,紧紧地抿着嘴唇,那对纯洁的婴儿般的眼睛一动也不动地瞅着洞口。只见一粒粒黄豆大的汗珠沿着她那宽大的前额滚下来。

头顶上落下一阵杂乱的皮靴声,乒乓啪啦地翻箱倒柜的声音。就在这一眨眼间,秋葵紧握着刀把,猛一下举起了菜刀。她回头瞅了我一眼,目光是这样的锐利,似乎能穿透石壁。不知道哪里来的力量,我一下克制了昏迷的状态,坐起来了。

头顶上的脚步声久久不散,洞中的空气本来并不流畅,这时越发显得闷人,几乎是凝固了。

直到头顶上传来"卡卡卡,卡卡卡……"敲瓮边的声音,秋葵才放下了刀,用衣袖擦了擦额上的汗珠说:

"走了!"

当时的情景原很平常,可是当我在沉思的时候,在醒来的片刻,在梦中,我的眼前经常浮现出这幕场景,久久不能磨灭:她那额上滚滚的汗珠,她那握着刀把猛一下举起的姿势,尤其是在她那纯洁的婴儿般的眼睛中发射出来的锐利的光。

后来,我问她:

"要是敌人进了洞,你当真用刀砍吗?"

她惨然一笑,轻声地说:

"不砍怎么办?我还有什么别的办法?"

最使我难忘的,是我离开秋葵家那天的情景。那时节,敌人在山里的"扫荡"已经到了山穷水尽的地步,眼看要撤退了。四分区的三支队和四支队迂回到敌后,准备凑这个空子,来拿前庄的炮楼。村里也住下了队伍,通向城里的大道已经被我们封锁了。秋葵马上让我从洞里搬到北屋里住。我决定当晚回山里去。我忍不住走到门边,伸头看看大街。大街上人来人往，个个喜笑颜开。沉默的村庄立时活跃起来了。

大娘给我送来拆洗过的棉袄裤，破的地方都一一打上了补丁，并且已经染过，显得墨黑而鲜亮，穿在身上又柔软又暖和。秋葵里里外外地跑，推着碾，烧着火，嘴里还唱着歌。

她端来一盆热水，说是要给我剃头。对她的手艺，我实在放心不下，可是我的头发已经有一寸长，直撅撅的象刺猬。这样回去，也真不象话，剃就让她剃吧！我洗了头，她一手紧按着我的头皮，一手拿着剃刀穿进我那蓬蓬的乱发堆中，嗤的一声，在我脑门心上划了一个大道子，疼得真够受。这一缕头发，简直不是剃下来的，而是拔下来的，我不禁一声惊叫。回头一看她手里拿着的那把剃刀，原来磨得只剩下一指宽了。

她见我痛成这个样子，搁下剃刀，笑弯了腰。她笑得这样响亮，笑得这样长久，笑得这样爽朗，如同冰河一旦解冻，世界上什么力量也挡不住它奔回大海。

到了这地步，已经无法挽回，我索性紧闭着眼，咬着牙让她去剃。剃光了头，衬褂已经被汗水湿透了。

接着，她让我穿上那套拆洗过的棉袄裤，在我头上包了条洗得雪白的毛巾。把我打扮停当，她就下了命令：

"站好，让我瞧瞧你！"

我站好了。她一本正经地左瞧右瞧，突然又大笑起来。我问她笑什么，她说：

"我笑你象……象个大傻瓜！"

我急着往大娘屋里走，她追着出来。只见院里的榕树上吊着杆大秤。她三脚两步赶上来，把我揪住了：

"别跑别跑，你扒住称钩，我秤秤你！"

我怎么也拗不过她，只好扒住秤钩让她去秤。她看了看秤背上的星，大声嚷起来：

015

"娘，娘！他足足长了十斤肉啦！"

大娘正在堂屋里，听了这话，忍不住笑起来：

"唉，傻妮儿——什么秤呵？"

"我哥家的'刀子秤'[1]哩！"

"你别再欺负老白了。你和老白都给我上屋里来！"

秋葵伸伸舌头，把嘴贴近我的耳朵说：

"我娘'向'[2]你哩——你猜猜娘今儿请我们吃什么？"

我摇摇头。

"不对你说！先馋馋你！"

一进屋，只见锅台上放着一盔子和好的面，一盔子馅。一会儿，秋葵卷起袖子去擀饺子皮。我和大娘坐在蒲凳上，围着炕桌包饺子。屋子本来不大，这样一铺排，显得更挤了。火筒和小多兴冲冲地钻来钻去，递送着饺子皮。

屋子里暖和得很，热闹得很，象过节一样。大娘一面包饺子，一面时不时伸手轻轻地打自己的脸。我看着觉得很奇怪。秋葵回头对我说：

"你知道娘为什么打自己？"

我说不知道。

"那是人家眼皮子跳，怕不吉利，打了耳光，晦气就跑了！娘，你说是不是？"

大娘气呼呼地说：

"我看你吃了喜鹊蛋啦，刮刮刮的不怕累？你不说话，没人把你当哑巴卖了！"

"我要揭揭你的老底儿！说你是老迷信，你还不服？"秋葵说着，回过脸儿来，冲着我对大娘努努嘴。"老白，老白，你知不知道，我

---

[1] 刀子秤：秤的一种，多用钢铁铸成，秤杆上的构件呈刀刃状，故名，是解放前乡村最准确的秤。

[2] 向：俗语，多表示偏袒之意。

娘可真是老迷信，你在洞里呆着的那些日子，她每天大清早起来，就在院子里点上炷香，冲着老天爷磕响头。……"

大娘没听她把话说完，急着站起来，一面伸手要去撕秋葵的嘴，一面笑得撩起袄角擦眼泪。

煮了饺子，大娘自己先不吃，来来回回一碗一碗地给我们递过来。秋葵不知道想起了什么，用筷子指指我，对大娘说：

"你看他好不好？"

"傻妮儿，咱们的人还有不好的吗？"

秋葵觉着自己的话不得体，"刷"的一下脸儿通红，连忙分辩：

"我是说……我是说他吃胖了没有？"

大娘也觉出刚才自己的话里有渣子，忙说：

"胖了胖了，可胖多啦，回去保险同志们不认得你啦！"

吃过饺子，我们要走了，大娘送我们出来。月光满街，大街两旁站满了人，抬头望着蒙在夜雾中的炮楼。担架队三五成群地匆匆地向前庄走去。我正低着头跟着秋葵往前走，人丛里忽然走出个人来，挡住秋葵去路，笑嘻嘻地说：

"你们走啦？"

抬头一看，是个老汉，白布缠头，直齐眉边，白布上渗出洋钱大的一块血迹。听他声音挺熟，可是面生。

"爷爷头上的伤还痛不？"秋葵问着，回头对我悄悄地说，"那天就是他敲的锣！"

正在这当儿，传来一阵猛烈的枪声，战斗开始了。那老汉顾不及说话，赶忙回头爬上路边的一个拴牲口的树桩上，仰头望着前方。炮楼那边扬起了团团的烟雾。

大娘送我们到村边，什么话也没说，用手捏捏我的棉袄，轻轻地叹了口气说：

"你们走吧！"

我们绕道回阜平山地，直奔两界峰下的会口镇。我的身体快复原了，本来不必再去医院。我工作的机关在平山，医院在阜平。会口镇是平山和阜平的交叉点，我决定到了会口镇，就回机关去。道上我对秋葵说了我的打算，她说："也好，省得你绕五十里地。"

第三天晌午，我们到了会口镇。这天正逢集，这一带敌人撤退不久，集上格外热闹。遍地摆着各种小摊，卖扒糕的、卖杂碎的、卖老豆腐的……那些饭铺里的掌柜各显身手，一面擀着饺子皮，一面敲打着小擀面杖，敲出各种复杂的节奏；炒饼的一手把着炒勺的把柄，在炉火上一起一落地晃动着，饼丝抛得老高，又纷纷落到炒勺里。

我跟在秋葵后面，穿过熙熙攘攘的人群。我一面走着，一面在她背后说：

"怎么样？到哪儿去歇一会儿，咱们该分手了！"

她连脸也没回过来，只是点点头，没言语。

走到一个卖老豆腐的摊前，她就挤过去，跨过钉死在地上的长凳，挤着坐下了，我只好跟着挤了进去。掌柜的给我们一人端了一碗来。只见秋葵拿过搁辣椒面的罐子，"刷刷刷"地往碗里倒。雪白的一碗豆腐顿时变得血红。同座的人无不吃惊，掌柜的直用白眼瞪她。她一边吃着，一边冲着碗里吹气，满头大汗淋淋。

吃过老豆腐，我跟着她在集上转了一圈儿，转到集的尽头。眼看快出村了，我又对她说：

"怎么样？到哪儿去歇一会儿？咱们该分手了！"

"不！你是从医院里来的，先得回医院去！"她说着只顾往前走。

"现在我又不是病号了，到医院去干吗？何必多绕五十多里地呢？"

她连头也没回，还是只顾跨着大步往前走。

"你怎么不说话？"我紧走几步，赶到她的跟前。

她还是不言语，只顾走。

"你怎么不理人？"

"你这人真噜嗦！不是早对你说了吗？"

她把脑袋一晃，一溜小跑出了会口镇。我只好跟着她跑。就这样，我们俩一前一后的上了两界峰顶。

她把背包放在地下，倚着棵柿子树坐了下来，仰头看着远方。我坐在一旁，默默地抽起烟来。坐了好一会儿，也不说一句话。我想她怎么啦？我仔细地瞧了她一眼，不觉猛吃一惊，她那对原来略带一点浅蓝色的眼白上，网着碎纹一样的红丝。这使我着急起来，忙问：

"怎么啦，你的眼睛？"

"不关你的事！"

两个月来的无数往事一齐涌上我的心头，我再也压抑不住自己的情感，不由自主地向她倾诉对她的感激。这些话，我是低着头说的，说了好一回儿不见回答。我抬头一看，她仍然仰着头看着远方。我就问她：

"你怎么不说话？"

"我不爱听这种话。要是你这话是真的，那就放在心里好了。"

我还说什么话好呢？下了两界峰，离医院只五十里路了，又是一马平川的大道，可是她越走越慢，走三里五里就要坐下来歇一会儿。更使我不解的是，不论是歇是走，连招呼也不打一个，好象她身边根本没有我这个人似的。

到了医院，天已经大黑了。她领着我到住院处办了出院的手续，替我找好了睡觉的地方。一切都安置停当，她才默默地走了。她走到门边，回头对我说：

"你要是生我的气，只管去生吧！"

我追到门边。她一溜小跑地跑掉了。

第二天一早，我起来吃过早饭，打好背包，赶忙去找秋葵。可是，哪里也没找到。我正着急，忽见她穿着件雪白的长衫，双手捧着一只盛满瓶瓶罐罐的洋瓷盘，迎面走来。我不禁嚷了一声：

"叫我好找！"

谁知道她毫不在意笑嘻嘻地说：

"你认错人了！"

可不是认错了人！她不是秋葵，是旁的一位护士。她对我说，昨天深夜，前线上送来大批伤员，秋葵争着去值夜班，天大亮才睡觉。她指指前面村角上的一座院落说，秋葵的宿舍就在那里。

我在这家院落前的一棵槐树下的石凳上坐下，等了半天，也不见她出来。我实在不耐烦了，就进了院子。北屋门上挂着白的门帘，老百姓家是不挂这种门帘的，秋葵大约就住在这屋里吧？走到门边，门虚掩着，从屋里传来起伏的鼾声。我往门缝里一瞧，坑上一字儿放着五个背包。靠墙根，睡着一个人，就自然是秋葵了。

我出了院子，绕着村子走了三遭，又向这座院子走去，见门里出来个老大娘，她一手端着簸箕，一手牵着头毛驴。我问她秋葵起来没有，她向我摆摆头，悄悄地说：

"她一宿没睡，才躺下呢，别去吵醒她！你有什么急事，把话留下吧。"

我只好又往回走，走到村边。看见场上安着烧锅，有人正在烧酒。我耐着性子看了很久，才又回到秋葵住的院里，走到北屋前，往门里一瞧，她还在睡。炕沿上放着一只空碗，一双筷子，还有一只小碟，碟里剩下一小片咸菜。

我在门口轻轻地喊了几声"秋葵"，回答我的仍然是起伏的鼾声。我回头看看天空，太阳已经正南，再不走，今天就过不了两界峰了。我迟疑了好久，终于轻轻地推开了门，走进屋去。一个枕头掉在炕前地下，秋葵的头弯在木炕沿上，睡得那样香甜。我从地上捡起枕头，塞到她的头下。她还是不醒。她的脸色蜡黄，眼窝有酒盅儿深。这面容，我仿佛还是第一次看见。她，实在是累了。

我从日记本上撕下一页来，写了几个字：

我走了。再见！白。

我把这张纸条塞到她的枕头底下。

我出了村子,爬上一个土岗,回头一望,望见秋葵住的那座院落,北屋门上雪白的门帘微微晃动,我的心跳动得好厉害,莫非她起来了?我索性在岗上坐了下来。门帘老是微微晃动着,可是总不见人出来。

别后始终没有见过她的面,到现在已经有十四个年头了。

连绵的秋雨

这已经是十五年前的事了。

抗日战争的第四个秋天，有一天夜半，天下着蒙蒙细雨。在晋察冀边区阜平县西庄村的街上，有个小姑娘，头上包块白毛巾，肩上披块麻袋片，手提马灯，踮着脚绕过水坑，擦着墙根走来。水坑里，晃动着一圈碎花花的光。

在一座院落的门前，她住了脚，用根树枝拨开门闩，伸手轻轻地把门推开。迎门就是一片水。她提起裤腿，想纵身跳过这片水，"扑赤"一声，双脚跳在水里了。才提起一脚的泥水，忽听得当院那棵槐树上"悉悉索索"一阵响，她差点儿没喊起来。忙举起马灯，抬头一瞧，原来树枝上伏着只黑母鸡，缩着脖子，竭力想睁眼又睁不开，摆摇晃晃的差点儿没掉下来……她忍住笑，胸口还是"冬冬冬"地跳个不停。

西屋里有人问：

"谁？"

"我——李小乔。"

"有'情况'？"

"没事！"

她提着马灯到了西屋里。炕上一字儿睡着三个病号。紧挨着门

睡的武承英支撑着坐起来。她一下把他按倒了,悄声悄气地对他说:

"院部才接到紧急通知,反'扫荡'开始了。好歹能动弹的伤病号,天亮就转移。三点开饭。你先别嚷嚷,争取时间休息。我最怕你心里着急……"

她说着,蹑手蹑脚地走了。武承英再也合不上眼,坐起来摸着挂在墙上的背包绳子,包在当枕头用的包袱里。又伸手到墙上的窑窝里,摸着洋瓷碗、牙刷、牙粉袋、洗脸毛巾……归了归堆,一股脑儿塞进一个布口袋里,扎住了口。在这一瞬间,他拾掇好了全部家当,作好了一切准备,只等着行军了。

这时候,紧挨着他的老霍,一连声地咳嗽起来。

"我把你吵醒了?"

"我压根儿没睡着。"

"你怎么啦?"

"我知道要出事了。一个人当过十年兵,有事没事,就能预先知道。脑瓜里好象安着无线电,你说怪不?"

他俩说话的工夫,挨着老霍的小白,一劲儿大声地打着呼噜。这时候,他翻了个身,喷着嘴睡得真香。接着,又打起呼噜来。

"好大的风,真是有福。天塌了,他也醒不了!"

老霍说着,坐起来,在枣树疙瘩刻成的烟斗里装了袋大叶子烟,"喳喳喳"地打起火镰来。

"我估摸这回反'扫荡'少说得三个月。你的两眼到底怎样了?能看清道不?"

"只要有人引着,走平道不成问题,爬山怕费点劲!"

那个正打呼噜的小白突然醒了,瓮声瓮气地说:

"不怕!'情况'紧张了,我背着你跑!"

"你自己不用人背着就算你有种!"老霍说。

"嗨!咱们走着瞧。你们摸不透我的脾气,我这个人,一有'情况'病就轻了,'情况'一紧张,就没病了。去年我病在神仙山上,上茅房也要人扶着。敌人来搜山了，你说怎么着？我拔腿就跑，一口气爬了六十里山地！"

"那是狗急跳墙。"老霍说。

小白小声骂了句，翻了个身。又"呼噜呼噜"地打起鼾来。

约摸过了吃一顿饭的工夫，从街上传来一声长一声短的哨子声。那声音由远而近，由近而远。这是催人下炕的声音。老霍点着挂在墙上的油灯。他和承英两个穿好衣服，起来打背包。小白还在打鼾。叫他他不应，推推他，他说："我再睡一会儿，反正拉不下我！"

正在这时候，小乔来了。她脖子里挎着三条鼓鼓的炒面袋，还挎着三对每双用条麻绳拴在一起的鞋。背上背着用绑腿布捆成一堆的三身棉衣。进得门来，一下全卸在炕上，气喘咻咻地说：

"快试试，不合适，去换。快！"

她刚说完，一扭头又走了。紧接着，她肩上挎着只拾粪的筐来了，没进门就大声嚷起来：

"给你们发铁干粮，一家两颗！"

她把筐里躺着的六颗手榴弹，一颗一颗地搁到炕沿上，一眼瞅见小白还在被窝里窝着呢，就把嘴冲着他的耳朵眼喊起来：

"发水呵！快把你冲跑呵！"

小白一骨碌跳下炕来，一眼瞅见炕上的手榴弹，急忙捡了两颗大号的藏在一边。三下两下，只见他把被子翻了几个过儿，就打成了背包。他把两颗手榴弹插在背包上，背起就走。老霍和武承英紧跟着出来，到伙房去喝稀饭。

街上又响起了三长一短的哨子声。

大伙房里热闹极了。屋里炕上炕下，屋外檐下、门洞里，人挤得腿碰腿。只听得一片"呼噜噜呼噜噜"喝稀饭的声音。

后方医院的值星队长，站在台阶上大声念着《晋察冀日报》上的社论："军民团结、一致奋起、彻底粉碎日寇秋季'扫荡'"，接着宣布伤病号转移注意事项、宣布轻伤病号编队的名单和负责各队的卫生员……

小乔负责带领老霍他们三个转移,目的地是大黑山下。只见她一手端着半碗稀饭,满院子地跑,找庶务长领粮票菜金,找司药领药……一切事都办妥贴了,她又从炊事班长手里夺过一杆大秤,来称称每个病号的装备,看看超过了最高重量的标准没有。小白背的东西最多最重,旧鞋就有三双,挎包比旁人多了一个,装着各式各样的宝贝:钉鞋用的针锥、驴皮……磨成一指宽的剃刀,还有一小瓶擦枪用的老母鸡油……虽说他并没有扛着枪。他见小乔提着杆秤来了,忙把一个挎包悄悄地挎在武承英的肩上,装作急着要走的样子,站在大门口嚷:

"我的不用称,连人也不够四十斤!"

终于他骗过了小乔。小乔一转身,他又把挎在武承英肩上的挎包摘下来,挎在自己肩上,挤眉弄眼的,十分得意。

这时候,离天亮还早。可是家家户户的纸窗上,透出了一片桔红的灯光。临近各村接到院部的通知,人们扛着担架,牵着牲口,吆喝着,赶来运送不能动弹的伤病号。小乔他们四个,穿过嘈杂的人群,出了村。

雨下得那么匀实,象是从筛子里筛下来似的,"杀杀杀杀"响成一片。小乔他们四个,默默地踩着一步一个坑的沙地,擦着枣树林边过。没有风,也没人去摇晃那些枣树,不知道为什么,从枣树上,时不时的"沙拉拉"地洒下一树的水珠;"扑落落"地抖落下一颗颗熟透了的大红枣,打在小乔他们的头上、肩上……还常常伸出带刺的"手"来,摘走他们头上包着的毛巾。莫非这支小小的队伍过于沉默,以致连那枣树都觉得惊奇了?

当那远近的鸡叫声,此起彼落的时候,这支小小的队伍到了沙河边上。这时正发大水,河水漫延到两岸的庄稼地里。泡在水里的高粱、玉茭,无可奈何地仰着脖子,露出个头来。

一路上,迎面不断走来三五成群的游击小组。大半只穿条裤衩,光着头,光着脊梁,倒把褂子和草帽盖在盛着地雷的柳条筐上。有的扛着快枪，把褂子和鞋捆成个小包，挑在枪杆上。看那模样，准是才泅过那滚滚的波浪，从河对岸过来的。

　　老霍他们四个，无心看那一路的景色，一人支着根六道木，沿着河边，不紧不慢地向着前面高耸入云的大黑山走去。

　　领头的是老霍。三十五六年纪，酱色的四方脸盘，两条浓黑的眉毛。左眼上方，有条半指宽的伤痕，耷拉下来，正好把那眉毛劈成两半。他原先是红军老战士，在战斗中受了重伤，伤好以后，到二分区供给部当采购员。前两个月得了阑尾炎，割了回去不到半个月，伤口化脓，又被抬来重新开刀。大前天拆的线。只是历次流血过多，虚弱得厉害，今天又有点发烧。这人心直口快，专好和小白作对。每当小白说得口沫四溅、兴高采烈的时候，他就给他一句半句，泼泼凉水。小白有点怕他。

　　他后边是武承英。细高条儿，长方脸。脸色很白，配着一对剑眉，一双水灵灵的大眼睛，越发显得清秀。他是四分区前卫报社的刻写员，一天一宿能刻两万字。写出来的字，四四方方，横竖成行，象是铅字模子里铸出来的。去年夏天，全边区的子弟兵向敌人出击，天天出捷报。他夜夜守着支洋蜡，在那昏黄的烛光下刻写到鸡叫。有一天他发起高烧来晕晕糊糊地象是喝多了酒一样。第二天，全分区的人都等着看捷报，到天亮要是出不了，那还象话吗？他用凉水洗了洗头，咬着牙接着干起来。突然，他的眼前闪电似的一亮，从此，什么也看不见了。整整养了一年，也不见轻。报社把他送到边区的后方医院来，又快四个月了，还确不定到底是什么病。好了又坏，坏了又好，一发高烧，两眼又模糊了。

　　再后边是小白。圆盘脸，眼睛更圆，鼻孔稍稍有点向上翘起，嘴角两边各有个小酒窝儿。即使他一本正经的时候，也好象在微笑。他是边区政府的饲养员。前年秋季反"扫荡"，他牵着匹病骡子，转移到白家沟。敌人来搜沟，他就牵着骡子往崖上跑。被敌人发现了，一劲儿地追。他牵着骡子走到崖边，眼看着敌人挺着刺刀"呵呵"地冲上来，他就牵着骡子往崖下跳。骡子摔成了一摊泥，他自己被一棵榕树叉住了，皮肉没受点儿损伤，就是把脊椎骨扭坏了。好了以后，平时和好人一样，每逢风雨连绵的季节，就直不起腰来，除非两手各支着根棍子才能走道。现在已经好了些，支着一根棍子也能走了。

压尾的是小乔。头发剪得只到耳朵根，额发齐眉，细长的眼角，长长的睫毛，当她一抬眼一闭眼，就象是两把展开了的羽毛折扇，一上一下地扇动。她穿着合身的紫花衫，脚穿一双浅口的白鞋。她的背包显得特别大，扎着个鲜红十字的挎包特别鼓，可是，走起路来，总显得那样轻快。她今年十八岁，按周岁说才十六岁。家在冀中平原的白洋淀边。

她有一个欢乐的童年。十四上当儿童团长，十五上当妇女青抗先队长。她父亲是党支部书记，公开的职务是村农会主任，母亲是妇救会的宣传委员，都觉得有这样的一个女儿感到光荣、体面。奶奶年近花甲，见到一家人那么一心革命，乐得吃粮不管事。

一九四二年，五月一日，敌人在她的家乡，展开了空前残酷的"扫荡"。有一天，她的父亲、母亲全被敌人逮走了，当天晚上，就被杀害。一夜之间，她成了孤儿。在一个大雨倾盆的深夜，当村的群众，冒着生命的危险，摸到敌人临时据点的跟前，在死人坑里挖出她父母的遗体，运回村里，当她一眼看到了那血肉模糊、残缺不全的肢体，哭不出声来，她一下象长了十岁，再也不是个小闺女了。这才是六月里的事，至今她脚上还穿着白鞋。

奶奶急于想使自己的孙女在荒乱的年月里有个依靠，自作主张，给她寻了个婆家。奶奶自然不能理解：孙女心里的世界有多么广阔，更不能懂得一个小姑娘竟然还会有和父亲同样远大的抱负。她毅然地离开了家乡。历经周折，接上关系。组织上决定送她到铁路西来。

当她走到平原和山地交界的地方，她生平第一次爬上了山顶，回头那一望无边的平原，向那自己出生成人的家乡，看了最后的一眼，全身的热血有如海涛汹涌，以致全身微微颤抖。她咬着嘴唇，心里默默地说:"奶奶,您放心吧!爸爸,妈妈,您放心吧!我已经是个大人了。我决不会给你们丢人……"

半月前,她进了边区后方医院,当了卫生员。对于医务,他什么也不懂,什么也不会。她只懂得:一个卫生员,应该拿她的心为伤病员服务。

昨天深夜,临出发以前,指导员对她说:"这三个病号全交给你了。你得把他们保养得好好的带回医院。相信你一定能够完成这个任务。"

指导员的话,半是真,半是鼓励。其实,这三个病号,久经战争的磨炼,比她老练得多,与其说让她带领三个病号,不如说,让这三个病号带领着她吧。

可是,当时她听了指导员的话,心里是多么激动:她感激组织对她的信任,竟然把这么重大的任务,交给象她这样一个毫无经验的、参加工作才半个月的卫生员。

从出发到此刻,她想得很多:不管这副担子多么重,她已经放到自己的肩上了;天大的困难,她准备去克服。她的心情,简直就象个马上要去投入白刃战的战士。

要不,为什么她走了一路,默默地不说一句话?为什么她老是眉峰深锁?为什么她的睫毛老是扇动?

这时候,远远地传来"隆隆"的炮声。这支小小的队伍,进了一条深长的山沟。遍地是大大小小的石头。中间是河沟。一连下了几天雨,沟里的水流得很欢,绕过大石头,跳过小石头,曲里拐弯地迎面奔过来。水里时不时的漂着一片蜡黄的枫叶,几颗碧绿的胡桃和鲜红的酸枣。

小乔眼见前面的三个病号,步子已经有点松散,她就下了命令:歇歇再走。三个病号一听她的话,连背包也懒得卸,随便找了块平坦的大石头躺下了。她这才发现,半夜的风霜和露水,竟把他们三个的脸色熬得焦黄,象是玉米干粮。这怎么办呵?她心里"卜卜卜"地跳个不停,低下头再也不敢看,可是,她并没看见,她自己的脸色,也和旁人一样的焦黄。

正在这时候,小白拿着洋瓷碗到沟里去舀水了。小乔猛地跳起来,慌慌张张地冲过去,劈手在他的嘴边夺过碗来,水洒了一地。她皱着眉,带着哭音说:

"谁,谁叫你喝凉水?"

小白翻了翻白眼,懒洋洋地走回来,又躺下了。

小乔定了定心,清了清嗓子说:

"大伙儿听着!这次反'扫荡'是很残酷的!不叫敌人捉活的,不让自己个身子骨垮下来,就是胜利!头一条,谁也不许喝凉水,喝了凉水,就会伤害身体⋯⋯"

她说着,回头看了小白一眼,只见他架着二郎腿,爱理不理地仰脸看着天上的云彩。她脸红了,为难地说:

"小白同志,你有什么意见⋯⋯"

小白头也不回,拖长了音调,有气无力地说:

"没——啥——意——见!"

老霍狠狠地瞪了他一眼,嚷了一声:

"小白!"

小白挤了挤眼睛。可是老霍并没有瞅见。

小乔强笑着,哄孩子似的,低声说:

"听我的话,到了韩峪,我给你们熬锅绿豆汤!"

小白咂咂嘴说:

"小乔同志,我问你句话——你今年多大啦?"

大伙儿一听这话,忍不住笑出声来。

老霍偷眼瞅了一下小乔,只见她眼泪汪汪的。老霍赶紧忍住笑,对小乔说:

"别理他,回头我给你揍他一顿!"

到韩峪天已经黑了。小乔忙了半夜,才把三个病号安排定当。回到房东老大娘的屋里,大娘已经在热炕头上给她"暖"了被窝。

小乔钻进被窝。大娘问她:

"你是军队上看病的先生？"

"不是。我是卫生员，专门伺候伤病员的！"

"噢，你今年多大啦？……"

小乔没回答。她已经睡着了。

大娘伸手给她掖了掖被窝，摸摸她的头发，自言自语地说：

"这闺女累着了，唉！怪疼人的。"

第二天大早起，大娘睁眼一看，人已经不见了，炕头上搁着个打得方方正正的背包。看看地下，尿盆也端走了。她忙着起来，一出门，只见小乔担着满满的一担水走来……

从这天起，不大不小的一个村子，全村的人都知道大娘家里来了个女兵，做活顶一个小伙儿。每到晚上，大娘炕上坐了一炕的闺女媳妇，等小乔回来。这个让她教个新歌，那个让她描个鞋上的花样……小乔从来不嫌麻烦。每天总得大娘开口把人赶走。

三个病号睡在大娘的配屋里，和大娘住的屋子隔一堵墙。每到睡觉的时候，小乔总对大娘说：

"听见隔壁屋里有响动，你就把我叫醒。我这个人有个毛病，睡着了什么也听不见。"

大娘笑了：

"他们又不是吃奶的娃娃，黑夜还用你管？"

"不，他们是病号。你没见长得象小闺女似的那个同志，他的眼有病，到晚上就成了瞎子。身子骨又单薄，不信你看看他的手，指头比我的还细还长，象把葱似的。"

后半夜，下了一场大雨，到天亮也没住点。清早，小乔去送水，老霍他们三个还没起炕。小乔一眼看见炕下武承英的一对鞋上糊满了烂泥。再看看他压在被上的那条蓝布裤子，裤腿上也是稀湿的一大片。小乔赶紧把鞋和裤子刷洗了刷洗，在灶火上烤干，又悄悄地送去。

一整天，武承英总是躲躲闪闪的怕见小乔的面。下午，老霍、小白背着筐筐，帮大娘上后沟去拾枣，光武承英在家。小乔走到他跟前，笑咪咪地问：

"昨天黑夜你起来了？"

"嗯。"武承英说。

小乔的脸沉下来：

"你忘了我对你说什么了？"

老武磨磨蹭蹭地站起来想走开，小乔说：

"别走，咱们好好谈谈。"

武承英只好又坐下来，把脸冲着墙。

小乔说："我不是对你说过一回两回，晚上有什么事，务必言语一声。你就是不把我的话放在心上……"

她记得武承英进医院的第一天，正好前方送来大批伤员。几个卫生员忙得直喘气。直到半夜，她给武承英来试表，她才记起，这个同志一天连口水也没喝过。后来她问他怎么一整天连哼都不哼一声？他说："我见你们已经够忙的了，怎么好意思打扰你们，再给你们添麻烦。"从此以后，小乔对他格外的不放心……她越想越有气，话就多了：

"……你想想，你又比不得旁人，你的眼不顶事。半夜三更，黑鼓隆冬的瞎闯，要是摔着了，有个三长两短，医生又不在身边，叫我这个卫生员怎么办？谁负得起这个责任？你要是换了我，你操心不操心……嗳，怎么不说话呢？"

武承英忙回过头来，一头的汗，他垂着两手，不知道往哪里放。真象个孩子摔了碗，自己知道理短，只好闷着。小乔见他这副模样，就说：

"以后你多替人家想想就好了。好，快把你那鼻子上的汗擦擦。"

武承英摘下包头的毛巾，忙着擦脸。

这时候，正好老霍回来了，一见这模样，就对小乔说：

"怎么啦？你又训他啦？以后你少说他几句，他的脸皮子薄，比不得小白……"

门外的小白大声嚷着冲进来：

"怎么啦？我怎么啦？"

"怎么也不怎么，说你好，说你的脸皮结实！"老霍说。

小白摸摸自己的脸，装出一副怪模样。大伙儿前仰后合地笑了。

最使小乔发愁的是：病号们的伙食不好。这个村子地土不好，又连年灾荒，饭都派不出来。自己起伙，村公所也领不下好粮食，只有黑豆和高梁。小乔顿顿只好做黑豆高粱焖北瓜。

头几天，大伙儿吃得还顶香。这几天饭一剩大半锅。今天吃早饭的时候，她偷眼瞧着他们三个。一个个愁眉苦脸地嚼着饭。象嚼着泥块。小白吃了半碗就搁下了碗。老霍光挑北瓜吃。她向大娘要了一碗烂酸菜来，大伙儿还是吃不下。只有老武吃了两碗饭。可是看得出来，他是怕小乔为难，硬塞下去的。

这样下去，病还能好吗？小乔一着急，头发根就发痒。她对大伙儿说，今天就去找粮秣委员，看看能不能找点小米来。

"能吃上就不错。这比不得住医院。"老霍说。

武承英也插嘴说了句：

"我吃着倒还合适。"

小白瞪了他一眼，笑着说：

"这可好！领来小米，还是单给你煮黑豆吃！"

武承英"刷"地红了脸，鼻尖上沁出一颗颗汗珠子来。

天傍黑，小乔去找粮秣委员。

这个村子在土崖上。正中有条大沟，把村子一分两半。粮秣委员住在对岸。

小乔过沟去找粮秣委员。村公所、小学校、民兵中队部……哪里也找不到。她在粮秣委员家里坐下不动了。直到掌灯，粮秣委员才回来，他肩上挎着杆大秤，胳肢窝里夹着帐本算盘，就坐下"劈里啪啦"打起算盘来。他一面听着小乔说话。小乔把早已准备好了的一大堆话，说个不断头。先说拥军工作的重要，再说病号们的艰难。她把病号们的病势说得很严重，似乎只有吃了小米才能医好他们的病。又把三个病号的经历说了一遍。她想，这总能打动他的心吧！

谁知道粮秣委员还是摇摇头。

小乔急了。她站起来，走到粮秣委员的跟前，夺了他的算盘，半真半假地说：

"你不给我解决这个问题，你别想工作。"

粮秣委员笑了笑，慢吞吞地跨下炕来，走到锅台前。他掀起锅盖，对小乔说：

"你来看看，老百姓吃的什么？"

锅里冒出热腾腾的雾气。半天，她才看清，是一锅山桃树叶。

小乔不知道该说什么好，忍住泪走了。

粮秣委员送她到崖边，对她说：

"……把我的心挖出来，我也能做到，就是没有粮食。这几天你们吃的黑豆、高粱，也是这家半升，那家一升收拣来的。同志！我知道你的难处。我对不起你。"

她看到人民的苦难，她又想到同志们的病。她感到自己肩上的担子是这样的重。下了崖，在河沟边的一块石头上坐下来。她再也忍不住了，任凭那满眶热泪流个畅快。

她悔恨自己答应同志们改善伙食，这下回去怎么说呵？

"老坐在这里算是干什么呀？"她赶紧双手在河沟里捧起一捧清水，洗去脸上的泪痕。

这一宿，她翻来复去的再也睡不着。大娘问她受了谁的气？受了累？想家了？还是身子骨不舒坦？她说都不是。

"那为什么呢？你有什么难处，尽管对大娘说，我帮助你解决困难！"

小乔说了。大娘给她出了个主意：黑豆、高粱也能变饭样。黑豆也能做豆腐。黑豆面里掺点榆皮面也能压饸饹……她家有现存的豆腐磨，也有"饸饹床"。

小乔"啪"地坐了起来。怪大娘为什么不早说？又怪自己为什么这么傻？连这些事都不知道。她随手点着了挂在墙上的小油灯。

大娘笑她性子急。大娘说，到明天准帮她拾掇。可是小乔再也等不及了，她说：

"呵哟，我的大娘！你不知道，我快急死啦！"

大娘还是说，到明天再说吧。小乔搂住大娘的脖子，亲大娘的脸，央告大娘：

"您不心疼我吗？我的好大娘，我的亲大娘！"

大娘心软了，直笑得咳嗽起来，忙说：

"好好好，大娘依了你，闺女！"

当真她马上起来动手，拐磨、揉浆……点豆腐，推碾、箩面……压饸饹。大娘整整帮她折腾了一宿。

第二天做饭的时候，她插了门，不让人看。饭熟了，她装做没事儿的样子，叫老霍他们来吃。

小白揭锅一看——饸饹；掀开菜盆子上的"拍拍"一看——豆腐。他回头对老霍和武承英伸了伸舌头，大声嚷起来：

"娘嗳，这不是大会餐啦！"

屋子里立刻活跃起来。老霍边吃边"啧"嘴，连声说："有创造性！有创造性！"小白故意时不时的伸脖子往锅里瞧。只有武承英闷着头吃，鼻尖上直冒汗珠。

大娘站在一边看着人们笑。小乔也笑。

"你们得谢谢人家小乔，可把她累着了！"大娘说。

"谢我？这才是谢错人了，还不是大娘的主意高。凭我，得把你们饿成人干！"小乔说。

"甭客气！都该好好表扬！"小白说。

小乔真高兴，象是得了什么奖赏。她觉得：小时候家里过年包饺子，也不过象今天这样的兴奋。

从此，小乔尽是在做饭上头动脑筋，变花样。病号们吃得下了，病也见轻了许多。自然,小乔更累了。过了几天,她也发起疟子来。"蜷"在炕头上,盖两床被,还是磕牙。大娘慌了手脚。小乔求大娘不要声张,怕病号们知道了心慌。

这天,她才发过疟子,一看太阳偏西了。她忙烧了锅水,给病号们送去。

小白见她来了,急忙想把端在手里的洋瓷缸藏起来,已经藏不及了。小乔就问:

"缸子里是什么?"

小白没答理。小乔拿过洋瓷缸来一看,眼梢往上一竖,气咻咻地说:

"好!你——你为什么又喝凉水?把我的话当耳边风?"

"我渴。"小白说。

"渴,你说话呵!"

"没工夫。"

"你言语一声也没有工夫?"

"我有工夫,还得往炕上躺一会儿哩!"

老霍、武承英正躺着打盹儿,不知道出了什么事,一齐坐起来。只见小乔的脸色变得惨白,一扭头走了。老霍心里明白了。两眼盯着小白,直盯得他坐也不是站也不是。

晚上,大娘来了,坐在炕沿上,瞅瞅小白,瞅瞅老霍,半天没说话。大娘扯了几句闲话,走了。到门边又站住了,回过头来,自言自语地说:

"我有句话,要问问你们:今天谁气着小乔了?我对你们说了吧,这几天,她可病得不轻。我傻了心眼,听了她的话,当真瞒着。你们渴了,她不在跟前,还有我呵,为什么装哑巴……"

三个人象三尊泥塑,谁也没言语。屋里的空气,显得有点儿紧张。

"怎么不说话啦?我估量你们也挑不出她的毛病来。你们也得摸摸自己的胸口问问,她哪点儿对不起你们?咳,这样的闺女天底下哪里去找?我直说了吧,谁再气着她,大娘就不依,得让大伙儿评评理。嘿!谁怕你们!"

大娘走了。三个人默默地解开背包，默默地暖了被窝，默默地睡下，吹熄了灯。

不一会儿，小白打起鼾来。老霍用胳膊弯揉了他一下说：

"别装蒜，我知道你没睡着。天还早着哩，咱们开个生活检讨会……"

老霍、武承英你一句我一句地批评小白。也作了自我批评：觉着自己病了，就不体贴同志……会上作了个决定：明天要小白当面向小乔同志道歉。

小白始终没说句话。

这个挨着枕头就打鼾的人，今夜怎么直到鸡叫还睁着眼？连他自己也觉得奇怪。

第二天一大早，小乔睁眼就听见一阵响动。她头也顾不得拢，毛手毛脚地跑出来。

只见在院子里，老霍挽起袖子，汗涔涔地举着大斧在劈柴。她去夺斧子。老霍说："我们谁也别瞒谁，大家都是病号……"堂屋里，武承英在拉风箱。她对武承英说："我来……"武承英笑笑说："你看我干这个也不行吗？"回头见小白弯着腰在案板上切北瓜，头也不敢抬一抬。

小乔不知道怎么办好，呆呆地站在那里。正好大娘从里屋出来，小乔一把又把她拉到里屋，把嘴挨着她的耳朵眼儿说：

"是你对他们说了？你看这怎么办？"

大娘只顾笑，双手扒在小乔肩上，两眼斜着外屋说：

"傻闺女，别着急，让他们活动活动血脉，病就好得快……"

接连下了五天五夜的雨，太阳一出来，遍地冒出雾一般的蒸气。昨天晚上，在大雨声里，过了半夜的军队。街上印满了深深的脚印，一直伸延到大黑山顶。沟里的水涨得和崖崖一般高，东西两半个村子断绝了交通。村公所、民兵中队部……都在对岸，一时取不上联系，反"扫荡"的"情况",老霍他们什么也听不见。

吃过后晌饭,老霍支着根六道木走了。人们不知道他上哪里。直到掌灯,他才回来,说是上大黑山去看地形了。他说,逢到这当口,敌人很可能来搜山。凭他的经验。出不了三天。让大家精神上作好准备。

他说着,掏出小本本来,摊在炕桌上,指着画在上面的地形说,沟里发了水,上山只剩下两条路。一条通繁峙,上下六十里,平时没人走。一条通断头沟,倒是大路,可是很容易被敌人堵住。他提出了一个行动的方案和转移的布署:坚决走小路。可是这条路实在难走。他对小白说:

"这可用上你了。你不是说情况紧张了,你背着老武跑?"

小白抿着嘴笑笑。小乔瞧着他笑。武承英觉得自己成了大家的包袱,很觉得过意不去。张了张嘴,想说没说。鼻尖上又冒出汗珠子来。

老霍就说:

"这用得着小乔的话了:不让敌人捉活的,不让身子骨垮下来,就是我们的胜利。在节骨眼上,我们更要团结。"

接着,他让大家把手榴弹检查一下,看看受潮了没有。小白从挎包里掏出针锥、剪刀、驴皮,把大家脚上的鞋修补了修补。老霍让小乔明天多领一天的粮食,都烙成干粮……好象马上要出发打仗。

老霍还是估计错了。就在当天的后半夜,敌人来奔袭了。

这支小小的病号组成的队伍,拉到半山腰上。小乔、小白两个,架着武承英,两脚腾空似地往上爬。老霍挎着大娘的胳膊走在后面。

在一块大石头底下,他们站下来缓口气。只见山下纵横交错地闪着一片电棒的光。敌人分两路追上山来。老霍就对小乔说:

"你把老武交给我……"

老霍一手扶着武承英,一手拉着大娘,只顾往上爬。

一阵机枪响,敌人发起冲锋了。

一长串的人群,抱着娃娃,背着老人,牵着毛驴,跌跌撞撞地上山来。一个个从小白、小乔的身边擦过去。

电棒的光在山下面不远的地方直晃，子弹在临近左右的山坡上爆炸。

小白抬头往山上一望，一长串人群才爬到半山腰那块大石头上。那里，驴儿仰着脖子只顾叫，怀里的娃娃们"哇……"地哭着，背上的老人，不住地"哼哼"。人群挤成了一疙瘩，一动也不动地凝结在那里。小白对小乔说：

"再给我两颗手榴弹！"

"你要干什么？"

"我把敌人吸引到东边那个山坡去！"

"那边没退路，你往哪里撤？"小乔说。

"撤不了，算我抗战到底了！"

小乔拉住他。他甩开小乔的手，弯着腰，抱着揣在怀里的六颗手榴弹，深一脚浅一脚地横着从山坡上往东窜过去。

"轰隆轰隆！"离小乔有三四丈远的山坡上，响起了手榴弹，在黑暗中开出一盆蓬勃鲜亮的花。

敌人一下停止了前进。这座大山突然显得那样寂静。小乔还在那里站着。她抬头一望，转移的人群已经走远了。紧挨着顶峰的天边，跃出一颗金光闪闪的大星。她焦急地等着小白回来，想喊又不敢喊……

一眨眼间，一道道的电棒的光，象是无数把锋利的剪刀，似乎要剪平那满山挺立着的石笋。好几条机枪的火舌，舔着那座发出巨响的山坡。

敌人发起了冲锋，黑压压的一片，"呵呵呵"地喊着冲上了那座山坡。这时候，就在那座山坡上，发出一声吼：

"我叫你厉害！"

四面的山谷一齐发出了回响：

"厉害！"

"厉害！"

"厉害！"

几乎是同时,天崩地裂的一声响,一片红光,照亮了半壁山。远近的树影一齐摇晃起来。爆炸了的沙石,落到小乔的脚背上。她全身的热血直往头上涌来。一阵阵猛烈的风,呼啸着,拍打着她那滚热的胸膛。同时,她清醒地知道:小白再也不回来了。

她把手里的棍子一扔,把手榴弹的弦套到二拇指上,跨着大步,爬上坡去,追赶已经走远了的老霍他们。

她走得很急,细碎的石子在她的脚边"刷刷刷"地滚落下来。……她只顾往前走,急着想把刚才发生的事情告诉老霍他们。

她翻过岭,下了坡,进了一条沟。她也不看看路在哪里,脚下是石头,她就在石头上跌跌绊绊地跳过去;脚下是水,就在水里蹚过去。她不知道这条沟到底有多长?通到那里去?

走到岔道口,她站住了。听到西坡上"沙沙沙"的一阵雨声……再看看,是一群羊。她嚷了一声:

"老乡!"

想不到她的声音,在这沟里听来竟然是这样大。坡上闪过一个人群,"啪!啪!"又脆又亮地响了两鞭,那群羊立时"沙沙沙"地走远了。

她往东边看看,是条小沟汊,远远看见沟掌上,闪出一点火光。她就冲着小沟汊走去。

天色越来越黑,空气越来越闷人,抬头不见天,低头不见地,前后左右,望不见边……她被包围在浓重的黑暗里边,象是钻进一个无底洞。

突然,漆黑的天空裂开一条大缝,掠过一道闪电,紧接着一声雷响,象是前面的崖壁倒下了……在这一眨眼间,她看见不远的前面,有一棵胡桃树。她朝着这棵树冲过去,扶着树干坐到地下。

雨点爆豆似的响成一片,树上的枝叶,完全失掉了遮拦的力量,一盆一盆的雨水往她头上泼下来。她打开背包把被子顶在头上,紧闭着眼睛。她实在过于劳累了。

有一个人紧紧地抓住了她的胳膊。她睁眼一看,原来是她的爹。

她紧跟着他走到湖边，跳上一条小划子。

爹伸着两条筋肉条条的胳膊，弓着腰，抿着嘴，打着双桨，两眼望着宽阔无边的湖面。双桨激起飞溅的水珠，水花拍打着船舷。

她在舱里坐着向四面望，不远的前面停住一只鱼鹰船，几只鱼鹰，跳下船舷，钻到水里。水面上掀起一圈圈的水波。有只鱼鹰从水里冒出半个身子来，把脖子往上一提，嘴里叼着一尾小鱼，挥动着尾巴，闪着银光……

小船穿梭也似的前进。突然，天色渐渐暗下来，水天变成了一色的黑。整个湖面沸腾起来，雷声隆隆，电光闪闪……奔腾的波浪，把小船抛到半空，又落到深不可测的湖底……她才一睁眼，一个浪花直向她的头上扑下来。她把头紧紧地抵着膝盖，再也不敢看。忽听见爹大声地说：

"傻妮！抬头睁开眼来，看看闪电和浪花，多得劲呵……"

她抬头睁开眼来，只见一片漆黑。雨声越来越匀实了。她摸摸地上，摸摸树干，刚才的情景，原来是梦。那已经是十年前的往事，怎么今天又在梦里重现了？

她支撑着站起来，望着无边的黑暗。她决定赶快追上老霍和武承英。但是，她又有点迟疑，要是老霍和武承英问她：小白上哪里去了？她该怎么回答呢？

我和老何

一九四三年前后，正是抗日战争最艰苦的年月。那几年，连年灾荒，加上日本人的烧杀和抢掠，生活上苦得到了这样的地步：一天两顿半稠不稀的小米饭，菜更少，每顿每人只给一小匙盐水煮黄豆。后来，连稀饭也喝不成了，光吃黑豆。这种黑豆平时是用来喂牲口的。旁的方面也是这样：当时流行着一句话："白天少开会，黑夜不点灯。"也是为了节省。

那时候，我在华北敌后抗日民主根据地晋察冀边区农会工作。机关里的干部有工农出身的，也有知识分子出身的。可是，大家都一样：谁也没有为了生活叫苦。原因很简单：这已经是很不错的了。看看老百姓的生活吧，用榆树皮和高粱面烙成的饼，硬得能划破嘴唇。喂的猪瘦得剩下一副四角棱棱的骨头架子，耷拉下的肚皮，象一只没有灌水的热水袋。这一切大家都是眼见的。但更重要的因为大家都有一个共同的信念，把这种困苦的情况叫做黎明前的黑暗。

这样的生活，大约延续了一年。我们的精神依然很饱满，天一亮爬起来，跑到胭脂河边的沙滩上排队、跑步、唱歌……吃过下午饭——散步。我们几个知识分子出身的同志，每当闲谈的时候，不知道为什么，往往是谈着谈着，就谈到吃的事情上去：广东的"叉烧"如何，江南又到吃清炖鳜鱼的时候了等等。可是，一日两餐，依然是：黑豆、黑豆、黑豆！我们自己也觉得很可笑，把这种闲谈叫做"精神会餐"。

有一天黄昏，我们正在河边散步，突然发现我们组织部的老何同志，手拿镰刀，背了一大捆青草，迎面走来。我觉得很奇怪，就问他：

"割这干什么？"

"闲着反正也是闲着呗！"他说着就向马号那里走去。

后来听人说，他割下的草，按市价的一半全卖给机关里的马号了。我觉得可笑：一个干部，干这？听人说：工农干部小气。这一下，更证实这句话有道理了。

这天，大家正在院子里吃饭。老何忽然端着一碗红鲜鲜的炒辣椒从伙房里走出来。他才走到台阶上，人们象是吃奶的孩子见了娘似的，三脚两步地赶过去，一齐举起筷子，一下插到那盛着辣椒的碗里。一眨间，碗就空了！满院子是"啧啧啧"的啧嘴声。

老何端着空碗，瞪着眼，又想生气又想笑似的叹气了：

"唉唉！你们光知道吃！你们也去割草呵！这是我劳动的代价，这一下全叫你们剥削光啦！"

他的话引得大家哈哈大笑。在笑声里边，我想到有一点不好笑的东西：他割草，我为什么就觉得可笑？他把卖了草的钱炒辣椒，我为什么又觉得辣椒好吃呢？可笑的到底是谁？

这年春旱，直到槐花落地的时候，还没有下头场雨。那些坡地、岗地，干得裂了大嘴，一棵棵的榆树，露出白光白光的树身，树皮都被人们剥尽了……农会发出了紧急号召：防旱备荒！

我们机关里，大部分的同志都下了乡。我和老何到不老树村。我比他早去了一天。一进村，只见大槐树底下蹲着一大堆人，一个个耷拉着脑袋，不言一声。

"老乡们！怎么啦？"我说。

"不怎么着！"一个老头儿说。

"玉茭种上了？"

"你没见？"

"不种秋后吃什么呢？"

"谁知道！"

我看老百姓的情绪实在太低了，需要好好地打气。当天晚上，召集了全村村民大会。会上，我对大伙儿说："乡亲们！我们临着严重的灾荒！可是，这个灾荒，是能克服的！是能度过的！只要我们振作精神，咬紧牙关，我们就能度过这黎明前的黑夜！只要我们把日本鬼子打走，自由幸福的日子就在我们的前面。什么叫黎明前的黑夜呢？那就是说，每到天快亮的时候，天比黑夜还要黑，可是呢，不一会儿，天就亮了……"

"你是说让我们熬着吗？"那老头儿打断了我的话。

"是的！"

"啊哟哟！好个同志哩，眼看这就熬不住啦！"

旁人也叽叽喳喳地说开了话，零零落落地走散了。

第二天，老何来了。他肩上扛着一辆纺车。他问我：

"群众情绪怎么样？"

"提不起来了！"

"你进行了动员没有？"

我点点头。

"你说了些什么？"

"咬紧牙关，度过黎明前的黑暗！"

"老百姓说什么？"

"他们说眼下就熬不住了！"

"问题就在这里！"他说。

说也怪，才三几天，老何就把群众鼓动起来了，组织了一个磨豆腐小组。他的口号是："卖豆腐，吃渣子，大小养活一家子！"又组织了一个编筐子小组，口号是："动着比歇着强。"接着他就又组织妇女纺棉花。

这里的妇女，从来也不会纺棉花的，都说："俺可学不会！"

"你看，我一个汉们，笨手笨脚的还学会了呢！"老何说着，从小包里掏出了一把棉花条，嗡嗡嗡地摇开了纺车。妇女们就说：

"嗳！能的你……"

看的人越来越多，拉着手儿，搭着肩儿，交头接耳地说着悄悄话。老何拍了拍身上的花絮，站起来说：

"谁来试巴试巴？我的把式——纺坏了，记我的帐！"

开头，妇女们你推我我推你，谁也想学，谁也有点臊。半天，有一个叫傻妮的闺女，拧着脖子说：

"我学！"

她说着两腿一交叉，"啪"地坐下了。老何赶忙给她接线头。

傻妮儿一手拿起棉花条，一手才一摇轮子，线就断了。她撅着嘴说：

"俺不学了！"

"头难头难，这有一个歌儿，"老何说着，唱起歌来：

纺棉花呵，第一要噢身子坐得正，
不偏左来不偏右，
坐在正当中。
两只手呵，同时要噢动作嗡嗡嗡，
慢摇轮来紧拉线，
两眼向前看！
…………

老何唱着，两手比划着。大家笑着说：

"对着哩！傻妮儿，就按老何唱的纺吧！"

傻妮儿纺着纺着，就拉出线来了。虽说纺的不象线，粗一节，细一节，尽是疙瘩。可把老何乐坏了，忙说：

"你们看！这不是学会啦！"

"这线谁要？"有人说。

"甭着急！谁在娘肚子里就学会纺线啦？"老何说。

就这样，傻妮儿学会纺线了。纺一斤线，能挣五斤粮食。五口之家，够喝五六天稀饭的。这一下子，旁的妇女也都自动来找老何，要求替她们到合作社里贷纺车。

我就对老何说：

"这一下，问题可解决了！"

"差得远哩！庄稼还没种上，基本问题就不等于解决！"他说。

"天不下雨，怎么播种呢？"

"担水点种！不过，这是一个艰苦的任务！"

果然，不出老何所料，我们一提出担水点种，一下就拉不开栓了。人们说：

"自古至今听也没听说过！这工夫土都裂了嘴，就连'干打雷'也种不成了！"

"依你们说该怎么着？"老何说。

有人就吞吞吐吐地说：

"求雨呗！"

"真能求下雨来，我也赞成！要是求不下呢？"

"要是求下了呢？"

"再过半个月，就说是求下了雨，你种什么？"

人们惨然地笑了。

接着，村里的人们当真敲锣打鼓，戴着柳条扎成的圈圈，抬着龙王爷，折腾开了。我很生气，对老何说：

"得下命令禁止！这样闹下去，要是让上级知道了，准得挨批评！"

"我们不从积极方面给群众想办法，下命令又有什么用？更重要的是拿出主意来！进行深入的艰苦的说服工作——组织担水点种！"他说。

这样，老何和我就分头去访问农户，进行了解和说服工作。并且召开了党支部大会，讨论担水点种，谁知道在会上引起了很大的争论，意见很不一致：

"要是老不下雨，担水点种也是瞎子点灯——白费！"

"到头里，天不下雨，白忙一阵子，再向群众号召什么事情，就没人响应了！"

"要是这会儿不下种，过几天下了雨也还不是干瞪眼？"

"就怕群众提不起劲儿来！"

有人抢白了一句：

"我们是干什么吃的？全村的群众眼巴巴的看着我们哩！就看我们有没有这分骨气，有没有办法！"

老何忙说：

"对对！我们要对群众负责！这正是需要我们发挥作用的时候！"

"说干就干！每个同志带动三家群众，互助拨工——担水点种！谁完不了这个任务，就要受批评！老何！你说成不成？"那人说。

全场的眼睛一动也不动地瞅着老何，光等他开口。老何眯着眼，吧嗒吧嗒用劲吸了两口烟，咳嗽了一声，说话了：

"这工作也一样：第一，不能强迫命令，要依靠群众自觉自愿。可是，我们要向群众说服动员，提出一个口号：'救人救己，互助救灾！''动着总比闲着强''这会儿不下种，下了雨也没法办！'我们先做一个样子给群众看看……"

人们听着老何的话，三个一摊四个一堆地嘀咕开了。散会的时候，人们说，试巴试巴。

第二天，有人下地去担水点种了。我和老何到一家抗属家去帮忙。这家有一个壮年妇女和两个十一二岁的小孩。他们只能做挖坑、点种的工作。我和老何担水。我是从来没有担过水的，根本不知道一担水有多重。直到扁担放到我的肩上，才知道这对我简直是一个严重的考验了。扁担扣到肉里，脖子上和太阳穴上就暴起了青筋。我尽力支起腰来，全身马上显得无力了。两个水桶一点也不由我指使，前后左右地直晃荡。越是提心吊胆，越晃荡得厉害，"劈里啪啦"桶里的水泼了我一裤子一脚。当我咬紧牙关把水担到地里的时候，只剩下小半桶了。我看见那妇女和小孩正抿嘴在笑呢。老何拍了拍我的肩说：

"怎么啦？喝了酒啦？我教给你一个秘诀：前轻后重，腰板挺直，步子要小，要走得快。别着急！半桶半桶的来。"

果然，按着他的法子去做，确实有了进步。但是，仍然觉得很吃力，担着担着，累得骨头架子象是散了一样。肩膀头上红鲜鲜破了一片，垫上了一块毛巾，还是象针扎似的痛。我咬着牙，一直坚持到下工。我觉得象是完成了一件神圣的事业似的感到愉快。

吃过晚饭，我连鞋也顾不得脱倒在炕上，连翻身也觉得很吃力。可是，老何却若无其事地把毛巾往肩上一搭对我说：

"你先歇着！我去收集收集老百姓对担水点种有什么反映。"

说也怪，人累过了分，想睡也睡不着，耳朵里"嗡嗡嗡"直响。不知不觉我又想到担水的事情上去：要是开一条渠，把井里的水引到地里，那不就省事多了？可是，井在坡底下，总不能让水往上流呵？要是山谷里有泉水那就好了。我仿佛记得，这四边山谷里是有泉水的。我越想越高兴，就起了炕，觉得浑身轻松，一点也不疲倦，跳跳蹦蹦的向山谷那边跑去，远远地就听见潺潺的流泉声，我爬到山谷里，果然看见四处冒着水花，汇成一条溪泉，闪着碎花花的月光，涓涓地流着。我不知道怎么着好，赶紧跑回村去，却见大槐树下挤着一堆人，老何也在那里。我就大声地说：

"有了办法啦！只要把泉水引到地里，再也不用担水点种啦！"

人们一听我的话，高兴得一个一个地跳起来，扛着镢头、铁锹，跟着我跑到山谷里去。

一眨眼，渠就修成了。那泉水就象一匹野马，向那干得裂着嘴的地里奔去。顷刻之间，满山遍野的土地都湿透了。老何拍着我的肩膀说：

"到底是知识分子有办法！"

他兴奋地摇晃着我的胳膊，突然，我听见有人嚷道：

047

"起来！起来！太阳晒着屁股啦！"

"什么？"我说。

"下地去！下地去！"

我睁大眼睛一看，老何正站在我的面前，我还没起炕呢。原来刚才做了一个梦。

我懒洋洋地坐起来，马上觉得浑身酸痛。担起水桶，跟着老何下地去了。

眼看担水点种的工作，已经差不离了，地里露出了小苗。可是，天还没有下雨；愁得老何眉心里挽上了疙瘩，饭都吃不下去了。成天在村里、地里转游着。这天，他对我说：

"有希望！敢许今天就下雨呵！"

"你怎么知道？"我说。

"这几天，烟袋管不透气，泛了潮了！"

当天下午，天空突然黑了。街上、房上站满了人，仰头看天。老太婆们微微地颤动着嘴唇说：

"老天爷！行行好吧！我们可活不成啦！"

天空的阴云越集越浓，隆隆地响起了雷声，雪亮的电光，划破了黑得象锅底的天。果然，雨来了，一滴、两滴……豆粒大的雨点，滴到人们的额角上，冷冰冰的。人们半张着嘴，"啊啊啊"地嘘着气，欢喜得说不出话来。

突然，雨哗哗哗哗地下开了。人们在雨里淋着，舍不得离开。青年们你推我我推你地蹦跳着，大声地吆喝道：

"下了这场大雨，扭他三天秧歌！"

老何攀登到牌坊上，手搭凉棚，瞭望着远方的天。

还不到两锅烟的工夫，天空起了大风。顷刻之间，风吹云散，冒出了热火火的太阳。人们叹了口气，拖着沉重的脚步走了。大风卷着尘土，拍打着人们的脸，满山遍野一片昏黄。地里、坡上，到处冒出尘烟，裂着嘴的土地，无望地仰望着天空。

就在这天深夜，可真的下雨了。远远地听见左右邻近的人们都起来了。有人在房上大声吆喝：

"下雨喽！下雨喽！"

老何"啪"地坐了起来，推着我的肩膀，急急地说：

"雨雨雨……下雨啦下雨啦！"

我"唔"了一声，只听得他披上褂子，拖拉着鞋出去了。四野是一片"悉悉悉悉"的匀实的雨声，凉风习习吹来，使我感到有一种说不出的舒服，睡得更香甜了。不一会儿，老何回来了，推着我的肩膀头说：

"起来起来！这可闹对付了！这场雨小不了！"

他说着，又走了。不一会儿，又把我推醒了，对我说：

"这可有了把握了！雨快四指啦！"

一说完，他又走了。远远地听见他"铛铛铛铛"地敲着锣，一面大声地吆喝着：

"全村男女老少注意啰！预备好荞麦籽种、萝卜白菜籽种，明儿格抢种呵！"

雨越下越大，屋里漏了，我赶紧起来拾掇。只听得这儿"滴"，那儿"答"，"滴滴滴答答答"仿佛屋子里也下雨了。漏的地方越来越多，把屋里所有的大盆小盆全用来接水，也不够用。屋子里找不到一片干燥的地方，使我没一个藏身之处，我终于想出了一个好办法，拆下门板，搭了一个铺，上面盖了一领席。门板底下，又铺了一领席，我就钻到门板底下去睡。哪知道没找对地方，地上的水，象蚯蚓似的从四面八方向我这里爬过来。我只好钻出来，重新搬家。又搭又拆，十分疲倦，心里模糊地想，早不下，晚不下，为什么偏偏在这个时候下雨呢？这时候，鸡已经在叫明了，天快亮啦。外面的雨快停了，可是，屋里还是在下雨。蒙胧中，忽然听得有人喝道：

"嗨！人呢？"我一听是老何的声音，赶紧从门板底下钻出头来说：

"我在这儿呢，在这儿呢……"

他不觉笑了：

"你找的这个好地方！"

我见他浑身水漉漉的象是才从水里钻出来一样，肩上披着一个麻袋。

"你上哪里去了？"我问。

"才从城里回来！"

"城里？干吗？"

"到县联社驮回了二百斤荞麦种，准备今天抢种！"

"怎么那么急呵？"

"早种一天，老百姓就少受一点损失——抢种，全凭下手得快！"

我听着他的话，不知道为什么，大吃一惊，我赶忙跟着他走了。

第二天，全村都种上了荞麦。当我们离开不老树村的时候，小苗已经有五指高了。临别，老百姓把我们送到离村很远的地方，紧拉着我们的手不放，眼看着我们，说不出一句话来。

第二年春天，全边区的农村、机关、学校，展开了大生产运动，实行组织起来，亲自动手，克服困难。我们机关里，组织了一个生产大队，准备到阜平县北部的大黑山里去开荒。这个生产大队一共有十二个人，都是从各部门抽调出来的，大部分是知识分子出身，手都没有摸过锄头把的。里边还有两个女同志。我也参加了，队长就是老何。

我们背着背包，欢天喜地地走了。有几个爱好艺术的同志，还带上了胡琴、笛子什么的。听说那里的山很高很高，站在山顶上，云彩就在脚底下飞，有三四个人也抱不住的大树，在树底下就看不见天，有着清澈见底的流泉，有长着五颜六色羽毛的雉鸡……这真是一个好地方呵！一路上我们谈论着各式各样的美好计划，准备度过这三个月的山居生活。

我们到了一个叫胡家营的村子。这个村子给我的第一个印象是，这里的人好象都是不洗脸的。住人的地方，就喂着牲口。房子里很暗，窗子上也没糊纸，却用蒸干粮的拍子挡着。墙上、顶棚上挂满了高粱穗、棒子、丝瓜、篮子、筐子、锄头、铁锹，没凳子也没桌子，光有一个破柜，上面积下的灰尘，不知道有多少年没打扫了，一挨就是一身黑。这情景，和我们所想象的，差得太远了。不知道为什么，谁也不想动了，也不说话了。光老何一个，拿着把扫帚，蹲在炕上大扫特扫，弄得一屋子是尘土。他一面扫炕，一面问：

"怎么啦？动手呵！早一点休息，明儿一早就得到山里去呢。"

人们才慢吞吞地帮他去拾掇屋子。

第二天，天还没亮，老何就把我们嚷起来。一大群小孩围着我们，指手划脚地嘻笑着看我们刷牙。老何又嚷开了：

"动作快一点好不好？这是来生产，可不是来绣花的呵。"

接着，他就分配自己和我去担水，分配那两个女同志去做饭。这一顿吃的是玉茭面贴饼子，扁豆荚熬北瓜。本来是一顿很好的饭食，那知道一揭锅，一个饼子也没有了，原来都掉到菜里去了。弄得人们哭也不是笑也不是，只好吃起这锅菜糊糊来，一吃，更糟！菜里还没有放盐呢。老何对那两个女同志说：

"让你们做饭还不愿意哩，开荒可比这更难啦！今儿格你两个得实打实的跟我学一学，怎样把生米做成熟饭。"

这两位女同志就再也不争辩了，接受了老何的分配。

这样，老何就和我们一起到山里去了。走了十来里地，到了我们要开荒的地方。老何察看好了地势，就先回去教她们做饭。

我们挥动镢头，开荒了。哪知道那山地硬得和石头一样，满山坡都是石头和草根。镢头碰到泥土上，马上又碰了回来，我们掘了半天，弄得满头大汗，只开了桌子大的一片。突然，有人喊道：

"嗨嗨！看见了没有？那边的土才好呢……"

人们不约而同地回过头去一看，果然不错，那边的坡全是黑土，不但没有石头，而且连一根草也没有。我们象是发现了奇迹似的，拥到对面的山坡上,七手八脚地开起荒来。果然,比起刚才开的山坡来,土要松得多,一镢头就掀开象锅盖大的一片。

晌午,远远地看见老何担着饭担,一手提着瓦罐,东张西望地走来了。我们知道他找不到我们了,赶紧吆喝起来:

"换了防啦!我们在这里呢!"

老何走到坡跟前,放下担子,傻楞了一会儿,象是有了气了。半天,他说:

"这一下你们可省了事了!"

"这里的土好!"我们说。

"可好!到秋天省得来拾掇庄稼了!"

"怎么?"

"这是阴坡地,见不到太阳。连草也不长,怎么会长庄稼呢?你们学的科学到哪里去了?"

听了他的话,象是十冬腊月喝冰水,一股冷气冷到心尖尖,大眼瞪小眼,谁也不说话了。

"先吃先吃!吃了再说!"他说。

吃过饭,人们象是泄了气的皮球,疲疲塌塌,连伸个懒腰也没劲了,一个个敞着怀,软绵绵地躺在树凉里喘气。直到过了晌,人们还是不想起来。老何一个劲儿嚷:

"起来起来!"

我们哀求似的对他说:

"多歇一会儿吧……"

"受苦人要是都象你们,牛都饿死了!这可不是闹着玩儿的,赔了本谁包?"

我们这才一个一个懒洋洋地爬起来,这个伸出两手给老何看:

"你看泡!"

那个翘起脚来:

"叫圪针扎了!"

"我的脊梁骨直不起来了！"这个说。

那个突然"唉唷唉唷"嚷起来：

"腿肚子转了筋了！转了筋了！"

老何把脖子一拧说：

"不行！跟我来！我不说休息，谁也不能偷懒！咱们得有点儿劳动纪律！"

他说着，脱了鞋，"呸"了一声，往手心里吐了口唾沫，举起镢头就刨土。

他一口气刨到坡顶上，又下到坡根里。不一会儿，又赶上我们了。

直到他说"休息！"我们才喘出了一口长气。每个人的脸上，汗珠和着灰土，都成了花脸了。你看着我，我看着你，大家连笑都没劲了。

当我们休息的时候，老何拿着根棍子，翻拨着我们开过的地。突然，他问：

"这是谁刨的？"

谁也没言声。他就嚷起来：

"这不成这不成！地都叫你们糟蹋了！深一镢，浅一镢，光把浮土撒在表面上，这是二流子的活……来来来！我教给你们！"

可是，谁也没理他。他默默地举起镢头，把我们刨过的地又刨了一遍，一面刨一面摇头。

这一回，他自己不刨了，光一个一个地检查我们的工作，教我们镢头怎么拿，怎么下力气。他三番五次地说：

"这和我们做革命工作完全是一样的！不许有一点点的含糊……"

这天下工的时候，我们一个个耷拉着脑袋，移动着沉重的脚步，向村里走去。一路上谁也没说一句话，再也不象早上来的时候那样活泼，那样兴高采烈了。老何说：

"怎么谁也不哼声了？你们累不累？"

"不累！"

"你们觉得劳动苦不苦？"

053

"不苦!"

他笑了:

"谁也不许说瞎话——到底苦不苦?"

"那还用说吗?"我们说。

"好!有了进步了!要是让你们也象农民一样,一年四季这样的劳动,可是打下了粮食,一大半缴了租子。推下了面,剩下了麸子;碾下了米,剩下了糠。一年四季吃糠咽菜,你们想一想这里边的道理!"

这年恰逢丰收。秋后,我们到大黑山里去收割,一捆禾秆,一颗土豆,一个北瓜,看来都觉得十分亲切。当我们吃着用自己种的糜子做成的糕,也觉得格外香甜。

我和老何在一块工作了四五年,在我们相处的日子里,他给了我一个强烈的印象,老百姓对他,对我,有很多不同的地方。这件事情,使我奇怪,直到后来,我才明白了里面的道理。

有一次,我们俩到顾家台去工作。一天,老何有事出去了,光我在家。来了一个青年妇女,她望了望就走了。紧接着,她一连来了好几次。我觉得很奇怪,就问她:

"你有事吗?"

"我找老何。"她说。

"有事你就说吧!我也一样。"

"回头再说吧!"她说着就走了。

晚上,老何回来了,那青年妇女紧接着又来了。一进门,冲着老何说:

"他打我,你也不管管啊?"

"谁呀?"老何说。

"他呗!除了他谁还敢打我?"

"你总有该打的地方吧!"

"这是你说的话吗?"

"别着急！别着急！有话慢慢说。"

她一屁股坐在炕沿上，撅着个嘴，一五一十地说开了：

"我才住了几天娘家，他一连就去了好几次，叫我回来。当村的姐妹们谁不笑话，我故意迟回来几天。他一跳八尺高说：'你还知道回来？这不是你的家！'我说：'你跟谁生气？你别仗着你是个青救会主任，就压迫人。'他举起胳膊来，就想打人，我说：'给！给！不打是大闺女养活的！'他伸手就打了我一巴掌。

"你给评评这个理：这会儿兴打人不兴打人？"她说。

"打在哪儿啦？"老何问。

"肩膀头上。"

"打得疼不疼？"

她扑嗤一声笑出来：

"依你说，打得不疼就可以随便打人啦？"

老何也笑了。

这时候，进来一个青年，看了看老何，又看了看她，就对她说：

"你说完了没有？"

女的把脸一扭，没理他。男的对老何说：

"老何，也兴我说不？"

老何眯着眼，叭哒着烟袋锅，慢吞吞地说：

"实行民主，言论自由，说吧！"

那男的就说开啦：

"我说，早不住娘家，晚不住娘家，地里、场里活正忙，可就住娘家啦？我说，数生产要紧，忙过了麦熟再说吧！哪知道她给了个三不理，挟了个小包袱，就走了，一去就没了影啦。我一连找了她几次，她拧着脖子不哼声——老何！你说说，气人不气人？"

"那你就打人？老何！你说说，压迫妇女对不对？咱们谁也得坦白坦白，不许光拣好的说。"女的抢着说。

男的蹭的一下跳了起来，大声说：

"老何,你看到了她那股劲啦吧!要是你,你也是受不了。"

"老何,你看谁的态度不好!要不是当着你,他又得打我啦!"女的抢着说。

老何磕着烟灰说:

"一个说了一个再说。我给你们出个理,看对不对。这会儿生产最要紧,不该住娘家……"

老何的话还没说完,那青年鼓了一下掌,就对她说:

"听见了没有?这可找着说话的地方啦!"

"别忙!可是,打人也不对!新社会不许打人!"

老何这一说,女的就笑了:

"嘿!到底是咱们的老上级!"

"你们俩都有错误!都要受处罚!"老何说。

那青年就说:

"好!先说处罚我吧!"

"罚站岗三天!"老何说。那青年就笑嘻嘻地抓起脑瓜皮来。女的就说:

"我耽误生产还骂人,老何,你看着办吧!"

"罚做军鞋三对!"老何说。

这一下,他俩个谁也不说话了。

"怎么不说话啦?"老何问。

男的偷偷地看了女的一眼,那女的也正在看他呢。扑嗤一声,两个人都笑了。老何一本正经地说:

"唉!你们都是快抱孩子的人了,别再为了芝麻粒大的一点儿事生闲气!古话说,家和日子旺。回去开个家庭会议,问题解决了,谁也不罚。"

那一对青年夫妇,想笑不笑地,觉得有点不好意思了。男的忙把话头岔开去:

"明儿个派下饭了没有?上我家去吃吧!"

056

"好吧！"老何说。

男的回头就对那女的说：

"别老耽误人家的工夫啦，咱们走吧！"

"你管不着！"女的说。

他两个还是悄悄地相跟着走了。

第二天，还不到晌午，我和老何正在整理工作材料。那青年就来叫我们到他家吃饭了。男的才走，女的又来了，两手上粘着白花花的面粉。老何就说：

"吃好的我可不去！"

"榆树皮和高粱面，你爱去不去吧！"

"我写完这一张就走。"老何说。

那女的就不言一声地站在旁边等着，直到我们放下了笔，她才领着我们走了。

一进她家的院子，只见葡萄架下放着一张炕桌，上面放着一簸子黄干粮，还有一碟子炒辣椒，一盔子面条汤。我和老何吃着饭，那青年掏出一张纸条来，递到老何的面前说：

"老何，你给看看！"

那女的也掏出一张纸条来，抢着送到老何的鼻子跟前说：

"你先给我看！"

我探过头去一看，只见纸上写着："个人生产计划"六个字。第一项是不生闲气不吵架，第二项是喂一口老母猪，第三项是喂五只小鸡，第四项是天天上识字班。老何看着，哈哈笑了起来：

"噢！这才象话啦！"

"老何，说正经的，我这计划有什么缺点？给提提。"女的说。

老何一本正经地说：

"这计划就缺一条……"

男的赶紧插嘴说：

"给填上！给填上！"

老何不紧不慢地说：

"生一个胖娃娃。"

那女的生气了，撅着嘴说：

"看你说的，你还是咱们的上级哩！"

大家都笑了。一院子充满着快活的空气。

我不知道为什么老百姓对老何，象对自己的老人那样尊敬，又象是自己的朋友那样融洽。而对我呢？虽然也很客气，也很尊敬，可总好象把我当做客人一样。比方说，有一回，房东老大娘掀开我们的门帘，看了看，又走了。不一会儿，又掀开门帘问道：

"老何呢？"

"你有什么事情吗？"我说。

"不大点事，帮我上房去扛一布袋枣儿……"

"我去！"

当我扛着布袋走到院子里，就对房东老大娘说：

"你以后有什么活儿，尽管对我说好了。我和老何都是一样，咱们都是一家子。"

她笑着说：

"谁说不是哩！我怕你累着了……"

我想，我和老何穿着一样的衣服，做着一样的工作，我对老百姓也总是诚诚恳恳、忠心耿耿的，为什么老百姓总好象把我看作是一个客人？这件事，直到三年以后，我离开这个地方的时候，我才明白。

当我离开这个地方的前一天，我向房东去告别，说着话，我就提出了这个问题。房东笑了，他说：

"……话又说回来了，这会儿，咱们可真的成了一家子了。早先，可不，说句良心话，真把你另眼看待呢，总觉着你和俺们不一样。要说，你也顶和气，顶好说话，不知道怎么的，总是说不到一堆儿！比方拿老何来说吧，你看人家，一看就是俺们里头的人，他黑夜起来解溲，见驴槽里草没吃了，总把草添得满满的。再说吧，有时候，你们煮了点体己菜,吃了,刷了锅,你就把刷锅水往当院里一泼。要是换了人家老何,总得把刷锅水倒到俺家猪圈里。俺家门前种着一坝韭菜。那年冬天,你总好把洗脸水往上倒,我怕结上冰,把韭菜冻死了,我看着心痛,可总不好意思说出口。人家老何就知道这,要不是他说你,那年冬天,准得把那坝韭菜毁了。你说这不都是小事由嘛?在俺们老百姓眼里,看着就不一样了。平时俺家有什么活,总不好意思让你做。就说你帮我做了,我心里也觉得对不住。对老何那可就不一样啦!哈哈!真象是一家子似的。"

我听着他的话,一面心里想到了更多的事情,他所说的,连我做梦也想不到。有时候,就说给老百姓做了一点事情,就象是立了功,象是写了一篇好文章,只怕人家不知道。老何就不同了,随时随地,大事小事,总要顾到老百姓的利益。可是他脸上一点也显不出来,那样的习惯,那样的自然。

我和老何相处了几年,从他的身上,我学到了不少东西。他是劳动人民的好儿子,他是我的好老师。

一九五〇年六月二十八日,
在北京御河桥

识字的故事

我从小就下地，三十岁上下才学写算，那是共产党来了以后的事。要不，再过三辈子，还是个睁眼瞎子。

人为甚要识字？识了字，有甚好处？先前，从根儿起，我没想过这个问题儿。一来嘛，咱这村实在是小，大不过一巴掌，统共只三四十家，比不得车来马去的大地势，象我这号受苦的，就没听说过有识字的。二来嘛，养种庄稼，讲究的是耕耩锄耱，累断了脊梁骨，还糊不住口，还有闲情学识字？我又不收租，又不放帐，祖祖辈辈没有剥削过人，学会了写算，又有啥用？

再说，咱受苦汉也不该识字！你瞧：咱村的地主庄福宝的儿子庄三元，他倒是个识字的，每天除了吃喝拉撒睡，就躺在藤椅上，架了个二郎腿，捧着书本本，摇头晃脑"嗯嗯嗯嗯，嗯！"念咒似的，一见人来，脑袋就晃得更厉害了，念得也更上劲了。

我想，这样念下去，可得成个废物啦，伸出手来，十指尖尖，象把葱，捉个鸡儿也得气喘。可偏偏有人说："这是修下的命！喝下墨水，想甚有甚，还用受苦？"还说："老东家字眼儿浅，也够咱受了，这可更了不得啦！书本本上全是教怎个治人的哩。"咱受苦的懂个甚？心里头就捣起小鼓来了。往后，我一逢见了识字的人，也就存了三分戒心。

谁知道不识字可遭下了大难啦。

自咱这儿来了共产党，第一件大事是办减租，接着就是换约——重订新文书。这件事，离了写算办不成。把咱们一个个愁得眉心里都起了疙瘩。瞪着大眼，在咱受苦人里头，找不出半个识字的人来。琢磨了半天，才想起离村二十大里的留命沟，有个五台城杂货铺里退休了的写帐先生，能写会算，一肚子的好字眼儿。可好这人是个瘫子，不能走道，也不会骑驴。好在卖力气的事，咱不发愁，咱们用一只靠背椅，绑上两根杠子，做了顶轿子，连夜去接。天不亮，人们抬着空椅子回来了。说是他早叫旁村抬上走了。识字的人可真成了宝贝蛋啦。

想不到事情越来越遭难，什么改造负担啦，统累税啦，统计生产数字啦，哪一样也离不开笔杆子。那工夫，我又当了村里的主要负责干部，断不了上区里县里开会，布置下来的工作一大堆。我一边往回走，一边念道，谁知道越是怕忘了，越是忘得快，好比是个娃娃。端了满满的一瓢水，越怕洒了，越拿不稳，走一道洒一道。上一座高山下一道川，回到村里，一传达，用不了一锅烟的工夫，我就没的说啦。人们说，"你去开了一天会，就只这三句话？"我说，"多着哩！先把我说的完成了就不赖！"说是这样说，心里也真着急。我想，庄三元也是个受苦的就好了，我上区里去开会，就让他相跟上，给他钉上个小本本，上级一开讲，让他给咱"唰唰唰"地画上几道道，再回村传达，保险一星半点也拉不了，可他是个地主！

好在区干部腿勤，三六九的有人来下乡，帮咱把工作重新布置布置，倒也凑合着过了。那工夫，咱这小区的堆臼沟里立了个学，离咱村也不甚远，只隔一架山，上八里下九里，腿快的后生，做顿饭的工夫，能打个来回。这就方便多了，区里来了通知，就差人去让教员看看。这样，咱村什么工作，也没耽误过。我想，不识字也不吃劲，搞革命工作嘛，只要吃苦耐劳，坚决勇敢就行。

后来却又碰了几鼻子，觉得非识字不可了。

最惹火的有那么一回，天傍黑，区里派专差送来了一个通知。信皮上画着三个圈儿，一看就知道是个紧急通知。紧着派人上堆臼找小学教员。

那工夫正好是数九天，积下的雪，齐到小腿弯里，路实在难走。派去的人快半夜才回来。说是有紧急任务，让主要负责干部，带上游击小组，到区大队部集合。我一听发了毛，就问：

"甚时候赶到？"

"光说让快去。"他说。

我赶集合了游击小组，带上土炮、土枪、快枪、撅枪、地雷、手榴弹，翻穿上老羊皮袄，冒着大雪，翻山过岭，一口气就赶了二十大里。一下坡，我说：

"跑步！"

大伙儿就跟着我跑起来。快到区公所，三星才偏西，远远一看，区公所门前连个人影也没有。我想，准误不了事儿了，敢许还数咱村抢了先哩。

咱七手八脚地推开了区公所的门，开门的正好是区武委会主任老戚。只见他打着绑腿，两腿叫烂泥糊严了。他楞头楞脑地瞪了咱一眼，没好气地说：

"你们干什么来了？"

嗨！好个老戚哩，给咱闹甚玄虚？我问他：

"不是你下的通知？"

"你再看看——通知上怎的说哩？"他说。

我就从帽壳里掏出"通知"来递给他。他没伸手接，就摇头晃脑的，咧着大嘴笑了：

"唉！这真算是个没闹儿！让你们吃过后晌饭就赶到，这咱甚工夫啦？"

原来这一宿，区里集合各村游击小组，去割敌人的电线。这工夫，早已经完成任务回来啦。

我想，这不能怪老戚，可也不能怪咱，只怪咱不识字。越想越上火，往回走的工夫，我连腿肚子也支不起来了。游击组员们，一个劲儿要笑，还问我：

"肚饥啦？"

也有人捏了个嗓子，学着我的声调喊道：

"跑步——怎么不听命令啦？"

"得得得！谁也别笑话谁了！咱几个庄稼老拧，不识字，可成了问题啦！"我说。

一道上人们直念叨。说什么也得要求上级给咱村立个学校。要不，抗战是长期的，不识字，可难死人了。

可好，不几天，区宣小赵来了。我就向他要求给咱村立个学校。旁的同志也帮咱打边鼓。小赵说：

"你们负担不起，村子太小啦。"

"那叫咱怎么办？"我说。

"立个民校嘛！"

"谁教？"

这一下，可把小赵问住了。他眯糊着眼，抓起脑瓜皮来。可见他也为难哩。过了一会儿，你道他说什么？他说：

"让庄三元教！"

"呵呵呵！好个小赵哩！这是你说的话？"我说。

"先别嚷，让我问你一句：你背的三八枪是干啥的？"他说。

这可把我问傻了，这岔到哪里去啦？我随口就说：

"打老洋鬼呵！"

"对！我再问你：从哪搭得的这枪？"

"夺的老洋鬼的呗！"

"对！字儿也是一样，是一种工具，也是武器。你没有，你就得夺取它！"

"字这物件儿，又不是小米，象退租似的，让它退出一点儿来，装在咱的脑瓜里。"

"这就对啦！你村没一个识字的，小学又立不起，你说让谁教？"

"我想想……"

旁的同志也就开了腔：

"狗嘴里还能出象牙？"

"不保险！"

"咱可不求他！"

"怕甚？咱多个心眼儿就能行。凭他千方百计，咱有主意一条，只要他给咱好好教字就成。"小赵说。

你知道：小赵那个性子，普天下也是少有的。说不服你，他还是说。他说着说着当真把我的心说活动啦。

嘀咕了半天，当下决定立民校。让谁去找庄三元呢？让谁谁也不去！小赵就对我说：

"你去！"

"你这是让公鸡下蛋哩！"我说。

"你还想不通？怕甚？"他说。

小赵见我没言语，就一个劲儿催：

"去呵！去呵！"

"这就去！"我说。

说句良心话，我可真有点不愿去。你知道，自打咱村来了八路军，成立了动员委员会，我当了抗勤队长，派差、抬担架全归我管。头一回，我就派他爷儿俩去抬担架，那老狗×的可好折腾，翘着两撇老骚胡，一跳八尺高，吼道：

"我是干这营生的人吗？你这不是给咱鼻子上抹灰哩！嗯！"

"你吃了生米饭啦？你跟谁生气哩？你是个知书识字的人，比不得咱这瞪眼瞎，抗日救国人人有份，你也懂不得？你不要觉得你是个地主，咱就管不着你，这是甚世道？你放明白一点！"我说。

"我干不了。"他说。

我就把脸一抹拉，摘下包头手巾，往肩上一拍打说：

"好！你不去？成！"

我二话没说，转身就走，这一下，他就矮了半截，连声说：

"我去我去！"

我"呸"了一声，吐了口唾沫，连理也没理他。

说实话，也是想笑，他们那些剥削阶级们，走五里地也得骑驴，肩膀头上哪经得起压。庄三元是个肉胎蛋，胖得下巴颏上也耷拉着肉袋。他爹却是个瘦猴猴，一胖一瘦，架着担架，来回六十里的山地，使的他爷儿俩上气不接下气。就这，咱也不心疼，该派还得派。从此以后，俺俩见了面，就谁也不答理谁。

我两腿走着，心里念道着，不觉快到庄福宝的家了。一眼瞭见庄三元正反背着两手，昂着头，站在门口出神。不知道怎的，我一扭头，又往回走了。转了个圈儿，找了个暖和角落，圪蹴下，掏出烟袋来，"吧嗒吧嗒"一连抽了三锅。我左思右想，总觉着没劲儿。不去，民校就立不成；去，我这脸往哪里撂呵？七尺高的汉子，五尺高的门，不弯腰，就过不了这一关。我站起来，紧了紧裤腰带，就去找庄三元。一进他家院里，"咳！咳！"我咳嗽了几声。只见堂屋门上海青色的棉门帘里，伸出一只白胖白胖的手，探出半个脸来，他就是庄三元。他一见是我，眉眼鼻子嘴往紧里一挤，一脸全是笑。

"好希罕！好希罕！来来来！"

"不大一点事儿——你有工夫吗？"我说。

"有有有，你吩咐吧！"

"咱村要立个民校，想请你当先生。"

"这这这……"

他一面"这"着，一面摸着自己的脖子，好一会儿，又说，"好商量……"

"就这么点事儿。"我说着就想走了。

他紧着说：

"就怕，唉！这年头，坐吃山空！开春，我也想下地干活了。你知道：我这半路出家，从小就没摸过锄头把，什么也得从头学，怕是把吃奶的劲儿都使上，也不顶事！这就怕没工夫啦！"

没等他把话说完，我就开步走了！他三脚两步撵上了我，扯着我的胳膊说：

"喂！喂！这这这，可不是我不乐意干。你们看着办，我怎么也好说！"

我拧着脖子，回到小赵那里。小赵说：

"怎么啦？"

"请不动！"我说。

"准是叫你吓住了！"

"呀呀呀！你是没见人家的架子哩！"

我把怎的来怎的去，从头到尾对小赵学了学。小赵说：

"嗨！这灰羔要代价哩，那好办，免他一半抗战勤务，看他干不干？"

"莫非咱就真的这样下贱了？"我说。

"唉！又狭隘了！总比请个脱离生产的先生省钱！"

"就怕群众搞不通！"

"要你这干部是干啥的？说服嘛！"

说干就干，不几天，咱村的民校成立了。全村男女老少，十八岁以上四十五岁以下的人除了瞎子、聋子统上了民校。庄三元当了文化教员，我当了政治教员。第一堂识字课，他啥也没教，酸不溜溜的讲了一套识字的意义：

"学识字可比不得作务庄稼，看着不吃力，实打实的真干起来，没十年二十年的功夫，那算是瞎子捉鸡——瞎扑腾！嗨嗨！还不如去捡狗屎！要不，为甚识字的人那样少。……"

他叨叨叨叨，说个没完没了，心里没底的人，可傻了眼啦。

第二堂课，庄三元一进门，二话没说，挽起袖子，抓了根粉笔，督督督督就是个写。把一大片涂了锅黑的墙，写了个严实，扭扭弯弯、横道竖道，连成了一泼滩。他对人们说：

"照抄！"

人们七嘴八舌地嚷起来：

"这不是耍狗熊哩！"

"咱不会！"

"你不知道咱是睁眼瞎？嗯？"

"要求上级发识字课本呵！"他说。

人们又都嘟哝开了。这时候，三星正，天气不早了，灯碗里的油，快熬干了。他拍了拍手上的粉笔粉，夹着个本本走了。

第三堂课，敲破了锣也没人来了，光剩下先生自己。我和几个干部，挨家挨户去叫。这个说："头痛！"那个说："脑热！"说干了嘴，人们才勉强答应了："就去就去！"我整整转了三道街，回到课堂里一看，光看先生独自个儿坐在板凳上，翘着两个兰花指头，夹着根线香，在抽水烟。他两眼向上一翻问我：

"人呢？"

弄得旁的几个干部也都泄了气了！对我说："算球吧！"我说："可不能！咱一不做二不休——好容易立了个民校！"咱几个琢磨了半天，就有了办法了：把上民校的人全编成小组；一个干部管一个组，人不到，干部负责。这样，民校又立起来了。提起那工夫的民校来，也真不成个班子，先生只顾嚼舌，学生只顾嚷，"嘟嘟嘟嘟"象是一锅开了锅的粥。要不，就"呼噜呼噜"全睡着啦。有人编了个顺口溜，送给咱们这个民校：

青年好闹，
青妇好笑，
老头儿好抽烟，
壮年好睡觉！

说实话，先生没安着好心教，学生也没心学了。就说咱几个干部吧，学习的决心不小，可也是狗熊掰棒子，一面掰，一面丢，学着学着，抓了瞎了。我看不是事儿，就有了新打算，咱们的人里头只要有一个真的学会了就算。不怕慢，只怕站，哪怕是一天学一个字儿，三年下来，还不学他个千儿八百。

上课的工夫，我支楞着耳朵，眼象瞄枪似的瞄着黑板上的字。有半点含糊，我有嘴，不怕他笑话，就张嘴问。天难！也非学会不解！

每宿散了课，有事没事，我就拿着块石灰坷垃，在砖上横一道竖一道地画字。直到灯碗里的油都熬干了，"嗞嗞嗞嗞"烧着了灯捻，才撒手。人们送了我一个外号，叫我"熬干油"，还说：

"看你还得熬个状元哩！"

"走着瞧！"我说。

我回到家里，钻进了被窝，一脑瓜字儿，还是横横竖竖的直晃，象是一疙瘩的丝瓜架，想睡也睡不着。不觉得嘴里"嘟嘟嘟嘟"地念出声来，还伸着指头在肚皮上画道道，闹得我老婆瞌睡不了，她就用胳膊肘一个劲儿撞着我说：

"你中了邪啦？"

"胡说！我在学习哩。"

"八十岁学吹打——晚了！"

"咱是猫儿上树，狗在后面撵着哩——不上怎么办？"

学着学着，我摸着门儿了。就这样，几年下来，区里来个通知什么的，凑合着也能认下了。哪知道，这还是不成！差一点儿闹下了乱子：一九四三年冬天，边区开展查租运动，上级发下了《查租宣讲课本》，让在民校里宣讲。这原是政治课的课程，是我的事儿。我拿起《查租宣讲课本》，横看竖看，七断八个节的，说什么也念不下，我就给了庄三元。怕他掺假，我先多了个心眼儿，对他说：

"你把这本本一字一句，照原样给大伙儿念一遍……"

他可更鬼，马上听出话里有骨头，就说：

"对！咱比葫芦画瓢，按着字个儿念，你放心好了。"

这一宿，屋顶广播上一说要宣讲减租政策，课堂里的人就挤得腿碰腿，六七十岁的没牙老汉也支着根棍棍来了。

庄三元站在台上，伸直了手，拿着课本，一手叉腰，眼珠子向人们一扫说：

"这全是上级定下的政策，说了就办，大家可听好！我念呵……"

他那架势就象关云长深夜读兵书。课堂里悄悄儿的，能听见院里树梢上干雪"悉悉索索"掉下地来的声音。

庄三元大声念了：

"……保障佃户使用权是减租运动中的中心问题。但同时也要保障地主的所有权……"

"咳咳！"庄三元干咳了一声，紧接着说，"甚叫所有权呢？比方说，我的地你们种着，可是，这地还是我的。我爱怎么着就怎么着，谁也不能干涉。地是我的，就有我的权力。比方说，来年我打算也要下地干活了，我就可以收地。"

人们一听这话，大眼瞪着小眼，"嗡嗡嗡"地嚷嚷开了。当场就有人问他：

"那什么叫保障使用权呢？你说说！"

"别着急！听我说呵……什叫使用权呢？那就是说，那就是说……"他摸了摸脖子，"那就是说：我把地租给你了。你就使用，这就叫使用权。不想租给你了，那么，就是说，我可以把地收回来！那就是说：那地的所有权是我的，不是你的……"

他这一说，人们嚷嚷得更欢了。我就冲着他大声说：

"庄三元！本本上是这样说的吗？"

"我再看看！"他说着，两眼一挤，把本本放到鼻子跟前，脑袋转了一个圈儿说：

"没差没差，不信你看看！"

我知道我看也是白看，就对他说：

"往下念!"

散了课,庄三元夹着本本走了。要是在平时,人们早象一窝蜂似的散了摊啦,这一回,谁也没走,挤到我身边问道:

"怎闹的?"

有一个老汉,把我往他身边一拉,嘴巴挨到我的耳朵眼儿,问道:

"咱们的政策变了?"

"变不了!"我说。

"这可不成!那谁还敢减租哩?"有人说。

"放心!我保险没这个政策,明儿我上区里去问问!"我说。

"对对对!可得去问问!"大伙儿都说。

这一宿,我说什么也合不上眼了,第二天,我摸黑就起炕,赶到区里,向小赵汇报了汇报。哪知道,我的话还没有说完,不明不白就挨了他一顿训。

"嗳嗳!你这同志,你的政治警惕性上哪里去了?"他说。

"怎么啦?"

"这怎么让他讲呢?"

"你不知道我不识字?"

"你学的字儿都就了饭吃啦?"

"唉!我这几下子?认下的字,西瓜大的个儿才够几驮子驮呢,可得认下这本本呵。"

"你回去就召开一个群众大会,告给大伙儿:保障使用权,就是说,减租以后,地主不能随便抽地。这是政府的命令,谁敢胡来,就要受政府的处分。"他说。

当我回到村里,天快黑了。远远看去,只见村边上的五道庙前,圪蹴着一大堆人。见我来,全站起来了,扯开嗓子吆喝起来:

"回来啦回来啦!"

"区里怎的说哩?"

有几个腿快的后生,早赶到我的跟前,急急地问道:

"是狗入的捣了鬼了吧？"

我连连点头说：

"回去再说回去再说！"

村边上的人，也迎上来了，我顾不上回家吃饭，一直到了民校里。人们象决了堤的水，一个劲儿的往里挤，眨间就挤了个严严实实。几百只眼睛全盯着我。我就把小赵的话说了说。还没等我说完，人们"劈劈啪啪"地拍起巴掌来，有人领着大伙儿喊起口号来：

"保障农民土地使用权！"

"拥护抗日民主政府！"

"中国共产党万岁！"

正在这工夫，庄三元胳肢窝里夹着个宣讲本本来上课了。人们一见他来，挤眼挤鼻子的，一下全不言声了，看他还胡说什么。他还蒙在鼓里哩，拿起本本就说：

"大家都请坐下！今天讲第二课。甚叫减租减息，大家都知道，我就不讲了！我先说说实行了减租减息以后，保障交租交息的问题……"

他正说得上劲儿，人群里猛的有人冲着他吼了一声：

"闭上你的臭嘴，滚你娘的蛋！"

一下吼得他傻楞了，他说：

"我怎么着你啦？"

"你摸摸长着几个脑袋？谁让你胡造谣言？嗯？"

"嗳！嗳！可不敢屈人，我说的可全是本本上的呵……"

"滚！滚！"

"反对偷鸡摸狗的地主！"

"保障土地使用权！"

庄三元一看不是事儿，扔下本本，缩着脖子一溜小跑逃走了。

气是出了，民校可也就办不成啦，人们说什么也不让庄三元当先生了。我问大伙儿：

"那么民校还办不？"

这会儿，人们好象明白了识字的重要似的，都说：

"看你说的！这可得正经办哩！"

"谁教呵？"

"你就成！"

"呵呵呵！我这几下子就成啦？"

"反正比咱强的多！"

"反正你不会造谣唬人！"

"反正你不会抽咱的地！"

当下，我把民校识字课本从第一册到第四册，挨着字儿看了个过儿，都能认下，我就说：

"成！"

你别笑我寒酸，在咱们的人里边，还数我文化高哩。山里没老虎，猴儿称大王；秃子出家，将就材料的事儿。

这样，我就当了先生啦。过了几个月，上级号召办民校要"民办公助"，自动自愿，自由组合。我就团结了七八个后生，成立了个文化组，课堂就在我家的炕头上。烧的热火火的，也免得到大课堂里去挨冻了。就只有一个问题不好解决，还是我认的字不多，教不几天就没的教了。大伙儿琢磨了半天，出了个主意：每回到堆臼沟交通站去应差的工夫，抽空儿让小学教员一人教给一个字，写在纸上捎回来。一去七八个人，也就贩回七八个字来，你教我，我教你，有这么几趟几十个生字，也就够半个月学了。

咱这本来是没办法的办法，谁知道这事叫小赵知道了，却成了宝贝了！他说：

"这是群众的创造！学政治也可以这样办……"

那一次在各村宣传干部的联席大会上，小赵还把这事表扬了一番。不多几天，小赵下乡，一见面，他就拍着我的肩膀说：

"这可闹对了！可给你请下一位好先生啦……"

"人呢？"我说。

他笑嘻嘻地从挎包里掏出一本一寸厚的小本本来："给！这还是从敌区捎来的呢，可不容易呵……"

我掀开皮儿一看，上面写着一趟字：

奖给模范民校教员苗正文

"这是甚？"我问。

"这就是给你请下的先生——学生字典！"

我正叫唬得摸不着头绪，他说：

"这上面甚字也全，有不认得的字，一查就成！"

果然，当我学会了查字典以后，困难也就少多了。

事到如今，咱村的文化可高多啦，小学、村剧团、黑板报全有了。单说能写会算的人，就有七八个！前年村里完成了土地改革，在发"土地证"的工夫，八把算盘一齐"啪啦啦"响，八管笔杆一齐"唰唰唰"地写。写写算算的全是咱里头的人。比起旁的村子来，不敢说是模范，可也不差什了。我回想十多年来，咱村学习识字的经过，这使我常常想起小赵的话来：

"……字儿是一种工具，也是武器。你没有，你就得夺取它！"

不识字的人还是很多。这件事情，比起抗战、土改……仿佛还要难。只能说，这会儿，才走了第一步，前面的路正远着哩。千万不能自满！千万不能自满！

一九四六年十二月三十日，
在阜平抬头湾

母亲的意志

我爸爸是个工人。听妈说,他死的时候,我才五个月。直到这会儿,妈妈想起这事来,还要流泪。我总不敢细问:爸爸到底是怎么死的。

我妈也是个工人,和我在一个纺织工厂里做工。她在择棉间,我在原动部。

从我记事起,我妈的脸上,就没个笑影儿,成天不说话。她上了年纪以后,话反到多了,对什么事也看不惯,说来说去又老是那么几句。比方说,她在生炉子做饭,我在一边呆着。她就说:"你可成了大少爷啦,一点也不象你爹。要是他在呵,嗨!甭我张嘴,里里外外他都打发得利利落落。嗳!好命苦哇……"我赶紧帮她做饭。我见炉子不旺,一捅,炉口里掉下了几个烧红了的煤球。她又有了话了:"还看什么,还不给我挟起来!煤球不是钱买的?"我赶忙挟起煤球去切白菜。她一转身,从我手里把菜刀夺走了:"看你切的块儿!大得快放不下锅了,你把囫囵白菜放进锅里得啦!嗳!不是我小看你,连你爹三分里一分也不如。人家粗粗细细、文的武的,你说干什么吧,不数第一也数第二,全厂七八百号人,哪个不夸?哪象你呵,楞头楞脑的,唉!"说着,撩起衣角,又擦起眼泪来。旁的事情也一样,连我吃饭她也要管,吃多了嫌我肚子大,吃少了又怕我饿着了。

开头，我好和她嚷，后来，我也腻了。她说多少话，我都装哑巴。晚上一回家，蒙头就睡，一起炕，就往外跑。到月头上，厂里发了钱，我连工帐票一股脑儿塞到她手里，一个也不花，免得呕气。

直到我入了党，我才觉得我的法儿不对头，我应该体贴她老人家的苦，旧社会把她折磨得够了，她该有一个喘喘气的地方。不知不觉的我就变了样：里里外外，一切事儿，甭她开口，我抢着去做。跟着，她的话也就改了题了："嗳，学好了！""噢，这才象话哩！可省了我的心啦！"这么着，她又耽心我累坏了，一见我拾掇屋子啦，洗个衣服啦，她就说："多歇一会儿吧，这哪儿是你们爷儿们干的活儿，没了你爹可苦着你啦！"说着又流下泪来。她的话总是说不完的。

她见我把屋子打扫得很干净，床铺拾掇得很整齐，总是又想哭又想笑地眯着眼睛，呆呆地看着我。背后她对旁人说，我那么大了，没钱给我成家，她觉得很过意不去。她见我看书写字，就坐在一旁瞅着。瞅着瞅着，又流泪了。我说：

"妈！您怎么啦？"

她擦了擦泪，又唠叨起来，说我小的时候，在学校里念书，年年考第一。有一年，老师奖了我一套茶壶茶碗。街坊四邻，都说我是个有出息的小子，将来准有个出头之日，吃豆腐渣也该供我上学。可是爹一死，凭她十个指头糊口都难，哪还有钱供我上学？

"唉，我对不起你，把你耽误了，怪你妈不？"

这些话，不知道说了多少遍，每回听她说起，我心里总是一阵子难受，我对她说：

"我谁也不怪，总有一天，我们会好起来的……"

她半懂不懂地点点头说：

"我也盼着这一天。你爹也说过，当牛马万不能当一辈子。"

有一回，有几个同志在我家里开会，打来一壶酒，买来一碟子炒蚕豆。我们一面喝，一面讨论问题。这当儿，妈进来了，我们几个我瞧你，你瞧我的，都变成哑巴了。待了一会儿，我们才没头没脑地扯起闲事儿来。她腾地站起来，毛手毛脚地走了。过了好大的工夫，隔着层纸糊的墙，还听见她在捂住嘴咳嗽。

自打这儿起，她一见有人来找我，马上就悄悄儿走开了。我弄不清这是怎么回事儿。我想，象妈那样的人，要是让她知道了我正在干什么，知道了我保不定哪会儿就会丢了脑袋，她会怎么样呢？我真是想都不敢想。因此，我在她面前，说话、做事，也就格外小心。她呢，在我面前，也变得轻易不说话了。我看书也好，写字也好，闲歇着也好，她总是呆呆地瞅着我，象有什么心事。

自打这儿起，在外人的面前，她常常揭我的短处。说我是糊涂虫，光长个儿不长心眼儿，交了一批酒肉朋友，到家来胡喝胡吃。说我有个屁大的工夫，不是上落子馆就是上电影院。她说着说着，又是摇头又是叹气，真象有那么回事儿似的。更使我糊涂的是：她常常夸蒋介石和美国人好。这是怎么回事呢？

那工夫，咱们正在反对伪工会。她可对人说：

"闹，闹，闹，凭咱一伙穷工人能闹过人家了？"

"依你说咱们就甭活了！"有人和她抬杠。

"我看人家工会里的人，办事挺热心，不算坏。"

把人气的脑袋一扭，再也不答理她。她可把嘴一扁咧，笑了，咳嗽一声，润了润嗓子说：

"嗨！谁也不如我小子，每天除了吃喝拉撒睡，天塌了也不管，多省心！"

那工夫我倒真是不怎么出头露面的，可也不象她说的那样呵，吃不透这是什么馅儿。有一回，我再也憋不住了，就直截了当地问她：

"您说咱们反对伪工会该不该？您说蒋介石好不好？"

她一听我的话，脸一板，抿着嘴儿看了我半天，冷冰冰地说：

"你还问？"

不知道怎么搞的，我的脸刷地红到脖子根里。她好象过意不去似的，默默地走到我的身边，伸出手来摸摸我的头发，"唉！"叹了口长气，耷拉下头来。

不几天，在反对伪工会的斗争中，有个同志被敌人逮走了。敌人把他治了个死去活来，眼看只剩一口气了，才把他放出来。他家里要什么没什么，甭提请大夫了。大伙儿跟着干着急，谁也是挣一天吃一天的，手头都挺紧巴，这可怎么着呵！

我想到我那件八成新的呢子大氅来，卖了倒能见几个钱。可是，一想到我妈，我就软了。前几年，妈见天念叨着给我买件大氅。为了这事儿，不知道她上了多少回小市，也没买成，钱总是凑不够数。后来我做了几个"加点"，加上妈和我的年赏，好容易攒下几个钱，才买下这件大氅。刚买来，她让我穿上试试，不大不小正合适。妈歪着头左看右看，欢喜得象做了件什么大事似的，翻来复去地说："这可称了我的心了！这可冷不着你了！你也舒心了吧？"

她对这件大氅，比我要爱惜得多。大伏天，她一有工夫，就拿出大氅来晒，用棍子打，用刷子刷。大衣的袖子里，口袋里，塞满了卫生球。没事的时候，她把大氅拿出来，铺摊开，拍拍摸摸，看半天，又包好，放进箱子里。要是我瞒着她把这件大氅卖了，她会怎么样呢？

我想来想去，不卖还是没办法。那天，妈不在家，我咬咬牙，把大氅往胳肢窝里一挟，紧紧张张地就走。走到大门口，妈回来了。我连忙转身往回走，她把我叫住了：

"你干嘛？"

我一见她那没神的眼光和那个又伤心又劳累的样子，浑身凉了半截，胸口砰砰地跳了。我对她说了实话。突然，她松了紧抓住我胳膊的手，扭头望了望门外，又向院里看了看，叹了一口气，悄悄地说：

"那你快走！"

我擦了擦额角上的汗，正想走。她又把我往她跟前一拉，把嘴巴凑到我的耳朵上说：

"找个懂眼的相跟上去，多卖个钱，别叫人捉了大头！嗯？听妈的话。"

不知道为什么，我的鼻子一酸，差一点儿掉下泪来。

这儿解放的前一个月，风声很紧张。消息一会儿一个样，可谁也闹不清到底怎么着了。几个相好的到了一堆儿，尽嘀咕这事儿。可是谁也没有比我妈更操心的了。她一见我面就问：

"这咱怎么啦？快了吧？"

"不是才对您说了嘛。"

"没听真，你再说说。"

我顺口说了句：

"甭怕！"

"说到哪儿去啦？我怕？怕什么？"

我故意逗她：

"您不是说蒋介石好吗？"

她咧着嘴儿嘻嘻笑了。

想不到刚接到组织上迎接解放的通知，这儿已经听到炮声了。党分配给我的任务是组织护厂队。忙了个懵头转向，才想到护厂队的队员每人还得发一个袖章。这天傍黑，我在小铺里买来一丈二尺的红洋布。一进家门，只见妈靠着窗，嘴里念叨着：

"四十三，四十四……"

一见我，她就说：

"打了四十四炮了，着呵！四十五！快了吧？"

我把红布塞到她的手里说：

"妈妈帮个忙！四寸宽一尺二寸长一条，剪吧！"

"组织纠察队了？四十九，五十……"

我觉得奇怪，她怎么知道纠察队？

"剪吧！回头您就知道了！"我说。

说话间，我们厂里的老马、小李也兴冲冲地来了。关上了门，大家挽起袖子就干起来。磨墨的磨墨，编号的编号，准备做臂章。老马

从怀里掏出了一颗新刻的图章,妈顺手夺了过去,横着竖着看了半天:

"嘿!别看我傻!这不是纠察队的印是什么?还瞒我哩,嗨嗨!六一,六二,六三,六四,六五……"

突然,"轰隆"一声响,炮弹象是落在隔壁院子里了。震得顶棚上的土,直往下掉,窗上的纸都震破了,一片一片,象舌头似的,"啪啪啪"地忽闪着。大家都趴在地上,紧接着,电灯灭了,屋里一团黑。

炮声一阵比一阵紧,震得满屋子"支嘎支嘎"地响。我们赶紧爬进来,点了支洋蜡,毛手毛脚地用被子、褥子、棉花套子堵住了门窗,又趴下了。

约莫过了三个钟头的样子,炮声停了。除了那"呼呼"的风声,和高压电线"丝丝"的声音以外,什么也听不见。好大一会儿,我们才爬起来,掀开窗上的被子,只见一片火光,烧红了半个天。

屋子里慢慢地亮起来。忽听见街上传过来"切切擦擦"一阵紧一阵慢的脚步声。紧接着,有人来敲门了。母亲披着大袄,蹑手蹑脚地走到院子里。回头对我们摆了摆手,意思是叫我们别出去。可是谁还憋得住呵,早跟着她跑到了院子里。

母亲把嘴巴贴到我的耳朵上说:

"会不会是咱们的人?"

"也难说!"我说。

她走到门边,闭着一只眼睛,扒着门缝往外望。

半天,母亲回过头来,对我使了个眼色,我过头去挤着一只眼从门缝里一看,胸口不觉"卜卜卜"地跳起来,差一点儿没大声嚷出来。

呵!咱们的人来了!这时有人推了下门。

"谁?"我问。

"我们——人民解放军!"

一开门,进来了一个人民解放军,戴着一顶好大个儿的皮帽,毛茸茸的。腰里插着的手榴弹,一个挨着一个,整整围了一圈儿。他见我们的脸色有点紧张,笑了:

"不要怕！我们是人民解放军！"

"不怕不怕！咱们自己的队伍来了！"我们忙说。

"你们是干什么的？"他问。

"工人。"

他一听说"工人"两个字，伸出一只大手来把我的手紧紧地拉住了连声说：

"好好好！"

我们欢喜得说不出话来。母亲默默地站在一边，想笑不笑地看着那解放军同志。我看见她的眼窝里噙着亮晶晶的泪花。

那解放军同志说：

"从这里到大丰厂有抄道吗？"

他在石阶上坐下了，从挎包里掏出了一个笔记本子，摊在膝盖上。

"来！你说，我画！"他一手捏了根半截铅笔，在上面画了一道线，"这就是门前的那街道。到大丰厂有几条路？经过些什么地方？"

他说的那个大丰厂，就是我们做活的那个厂，那里占着一个团的蒋匪军。

我给他说了半天，不知道是我说不清，还是他听不清，总是不对头。妈也替我们着急，抄着手，转了几个圈儿，又转回来，帮着我说。那位解放军同志，老看着本子，好象还是不明白。

"嘎嘎嘎嘎……"机关枪响了，一听就是从大丰厂那里打出来的。

那解放军同志，把本子往挎包里一塞，站了起来，看着我们问道：

"你们谁道熟？带我一截路，后面的队伍快来了！"

这时候，妈却跑回屋里头上包了条围巾，披上棉袍，兴冲冲地出来了，对那解放军同志说：

"我去成不成？"

那解放军同志没回答，两眼却直瞅着我。我对妈说：

"我去吧！"

她闭眼想了想说：

"也行！"

我领着解放军同志走了。才出大门，只见解放军的大队人马"踏踏踏"地已经到了胡同口了。

就在这天上午，全城解放了。工人们进入厂，烟囱里冒出了烟，全厂几万个锭子，一齐转动起来。

接连有半个月没家去。这天，我一回家，才坐下，她就接二连三地问个不休，好象要把半个月来没说完的话，一下全说完。她问我，咱们能占得长不？还走不走？要是美国出兵怎么办？年赏取消不？

"您这么糊涂，谁对您说这些个？"我说。

"谁糊涂？又不是我说的！"

"别听他们瞎叨叨！"

"这就怪了！我不信，可就有人半信半疑的瞎问，咱不给人家宣传宣传解释解释？你是干什么的？"

"嗳！您可成了积极分子啦！"

"嗳！咱不如你，可别见笑。"

我就把她问的问题，一条一条解释了一遍，她侧着耳朵很用心地听着，生怕听漏了一句。待我说完了，她又把我说的丢三丢四的对我重复了一遍，象一个小学生背书似的。末了儿她问我：

"是不是这么说？没差吧！"

"还差点儿！"

她笑着用手拍了拍自己的脑壳：

"真笨！你可得多指拨着点呵！"

往后，我回一次家，她总得问一堆问题儿，有时候常常把我问住了。在这时候她反倒给我解释开了，我才知道她是要考考我哩。

我突然发现妈在政治上进步得很快。听择棉间的同志反映，她工作很积极，参加了政治学习班。她拥护党的主张，她总是积极响应行政和工会的各种号召。她对不正确的言论总要进行解释和反驳，不怕得罪人，不怕人嫌她噜苏。她成了择棉间老人们里边的骨干，她还当了工会的小组长。

我听到了这些，我是高兴的，我觉得妈象个年轻人了。

有一回，她和我谈起厂里的事来，她听说厂里的共产党要公开了，她问我是不是党员？我装作没听见，就和她扯起闲事来，她还是问。

"您说是就算是，您说不是就算不是！"我说。

"我早知道了，你就是不对我说。"

"反正党快公开了，迟早您会知道！"我原以为不对她实说，不算是欺骗，这是符合组织原则的。哪知道为了这事，她哭了一场。

就在厂里公开党员那天，我回到家里，她见了我，理也没理，显得很冷淡。我叫了声"妈"，她"嗯"了一声。

"妈！您怎么啦？"

"我不是你的妈！"

"您对我有什么意见就提好了，这算干嘛？"

"我够不着！你妈是落后分子！哪能比上你们光荣的共产党员！"

我想，这是怎么回事？还是等她气消了再谈吧。哪知道她又说开了：

"好！你以为光你能，你妈是傻子！国民党在这里的时候，你想想我为你担当了多少风险？一听见敲门心就跳，你不回家我就合不上眼。解放了，你总该对我说了呵，嘿！还装疯卖傻，尽逗我！"

她说着说着突然"哇"的一声哭起来。这弄得我真是不知道怎么着好，原来她嫌我没对她说实话。我赶忙给她解释，她说：

"我什么不知道？我是过的桥接起来，比你走过的路还长！我，我，我想前想后，我可伤心啦！"

"过去的事甭提了，千难万苦总算是熬出头了！"

"不能！我老是忘不了过去的苦，越是喜欢，越是难过，就连看见厂里的闺女们打腰鼓，扭秧歌，也老忍不住想哭。"

"好了好了，咱们不说这个了！"

她闭着眼，迷糊了一会儿，又自言语地说：

"嗳！说也怪，你父子俩算是一个师傅教出来的，都是背着我，瞒着我，让我瞎操心！"

"这有我爹什么事，他不是早死了吗？"

"你知道是怎么死的？"

"您不是说病死的吗？"

"嗳！哪里的事！我知道不该说的不说，怕你伤心。他是，他是被人杀死的！"

我一听这话，不由自主地站了起来：

"谁杀死的？"

"谁杀死的？"她也站了起来，瞪大了眼睛，大声地说："国民党！你看！这是什么？"

她毛手毛脚地从床底下拉出了箱子，掀开箱子盖，从底里拿出了一个卷得紧紧的红布卷，展开来一看，上面写着：

"工人纠察队"五个大字。

我象是当头吃了一闷棍，有点恍惚了。

妈接着说：

"那年你才五个月，你爹在上海裕丰纱厂当保全工。阳历五月三十日那天，他让我替他把这红布条别在胳膊上。我说：'你去干什么？'他说，'开会！'那时候正闹大罢工，我怕出岔子，就说，'你看这孩子的面上，可要自重呵！'他笑了笑说，'没事儿！'从我怀里亲了亲你的脸，拿了一个烧饼，啃着走了。

"哪知道他去了大半天，不见回来，我放心不下，抱了你走到弄堂口，忽听得一阵'嘎嘎嘎'的枪响，接着是一阵'哗哗哗'的叫嚷声，我的心一收缩，腿就软了……"她说到这里忍不住哽咽起来。半天，才又接着说：

"直到天黑，人们才把他抬回家来，只见他浑身是血，成了一个血人了。我拼命地叫了他半天，他睁了一下眼'咕噜'一声，就咽了气啦！嗳，那袖章，就是那时在他胳膊上解下来的，整整藏了二十六个年头了！……"

我听着，再也忍不住了，象孩子似的，猛一下扑到妈怀里。

最近，她买了一张双人床。买了一套茶壶茶碗。

"您买这个干什么？"我说。

"还不是为你？"

"我又用不着！"

"不能光看眼前呵！"

她没有想到，有一种人，他们活着，就是为了砸碎和平的生活，就是为了撕碎全世界妈妈的心。

当美国人打到朝鲜，快到鸭绿江边的时候，妈妈的神色，随着时局的紧张，变得有些恍惚，有点烦苦了。吃一顿饭，也不说一句话，我仿佛能看到这老人的心在跳动。有一天深夜，我睡得正甜，忽然被她大声嚷醒了。我的心跳得厉害，失了火？失了盗？我赶忙从被窝里坐了起来，只听得她嚷道：

"不能！不能！这是我卖苦力挣的东西，你们不能拿！"

安静了一会儿，她又大声嚷起来：

"呵！呵呵呵……这是我的儿子，是我一把屎一把尿拉扯大的呵！你们杀了他的爹，可不能再杀……呵！"

原来，她在说梦话，我赶紧叫醒她：

"妈！妈！醒醒，您怎么啦？"

她醒了，瞪大了眼，瞧着我的脸，半张着嘴，满头是汗，一把抱住了我，"呼哧呼哧"地直喘气。半天，她才换过气来：

"我做了一个恶梦！"

"您做了一个啥梦？"

她疲倦地摇了摇头说：

"不能说不能说！"

第二天一早，吃早点的时候，她问：

"美国鬼子会不会上咱这里来？"

"也难说，他打朝鲜，就是为了要打咱！"

"那怎么办？"

"您放心好了！比不得过去了，咱们决不能再让他骑到脖子上来拉屎！"

"我看也是，生成的贱骨头，不给他点苦头吃吃，他就不知道个好歹！"

她说是这样说，可是总有点不放心。直到中国人民志愿军部队开到了朝鲜，她才喘了一口气，脸上的阴云，渐渐消散了。胜利的消息一个接一个地传来，工会一发出慰劳志愿部队的号召，当晚她在回家的路上买回了一丈布，买了一提包的东西。吃过饭，也顾不得刷洗锅碗，就急忙地架上老花眼镜，一针一针缝起慰问袋来。每一个慰问袋，都塞得鼓绷绷的，恨不得把她的心也塞进去。

她那兴奋的样子，只有我才能知道她全部的真情。

恰好，就在这几天，中央人民政府政务院、军委会颁布了"关于招收青年学生青年工人参加各种军事干部学校的联合决定"。星期日那天，党支部召开了全体党员大会，支部书记作了动员报告。我下决心要报名参加。这不仅仅因为我是个中国人，也不仅仅因为我是一个共产党员，更不是因为我条件合适，家庭没有困难。说句实话，我实在不忍心再看见我妈妈那种胆颤心惊的脸色，不忍心让我妈从恶梦中惊醒，我要和平的安定的生活！我决心参加军干校，努力学习，站在国防的最前线。要是美国强盗胆敢来侵犯我们伟大的祖国，我要砸碎他们的骨头，我要拧住他们的狗耳朵，问问他们：你们是不是人生父母养的？

开完了会，我急急地往家走，我要马上把这个消息和我的决心告诉妈妈。

我一回到家里，母亲正在腌雪里蕻，足足腌了大半瓮。

"怎么腌了这么些？"我问。

"零买贵，这不就够你吃一年了？"

我是最爱吃雪里蕻的，可是我要去上学了，这大半瓮雪里蕻腌给谁吃呵？不知道怎么搞的，我要参加军干校的话，到了嘴边，一下子又咽回去了。妈妈好象看出来了，伸着湿漉漉的两手，两眼直瞅着我：

"你心里有事？"

"没事。"

"我问你一句——你报了名没有？"

"报什么名？"

"你不知道？不是说军事学校招考吗？"

"噢！听说了。"

"你打算怎么着？"

"您说呢？"

"甭瞒我了！我不傻！"

看她的样子，是不乐意我去。直到吃晚饭，谁也没说一句话。吃过了饭，妈披上大袄，包上头巾，匆匆地出去了。回来，显得很累的样子，呆呆地坐在炕沿上，半天，突然又问了我一句：

"你到底报了名没有？"

这时候，我才知道她刚才是出去打听消息去了。

"我是想去。"我说。

这一宿，我没有睡着，只听见妈轻声地在咳嗽，可见她也没有睡着。

第二天，我让旁的同志问问妈妈，到底打算怎么着？结果有点出乎我的意外，她说她也拿不定主意。要是我硬要去，那么去就去吧！这反倒使我为难了。

我就把我预备好了的一套大道理和她谈了谈。我一面说，她一面点头。谈完了，我问她怎么样？她说，去就去吧！接着她哭了，哭得很伤心。

"您实在不同意，还可以商量。"我说。她抬起头来，呆呆地看着我说：

"不光为这——我想前想后，革命实在太艰难了！"

她说着，擦干了泪，站起来，歪着头象是要问我些什么。过了一会儿她说：

"我想，要是大家都不去，这哪能成！光让人家去，谁不疼自己的孩子？莫非咱是坐吃现成饭的人？要是谁也是这样想，哪还有今天？再说进学校又不是件赖事，过上三年两载，你学好本事，为国家立下功劳，我也体面。就只是当娘的人比不得你们，俗语说母子连心，你是娘身上的一块肉呵！你一天也没离开过我，怕你冷了热了饥了饱了自己不会操心！"

"您放心好了！一切我自己保重。"

"你去了以后，隔个十天半月，事忙，哪怕你写上两个字：'我好'。我也就放心了！"

从这一天起，妈显得更加沉默了。同时也更加忙碌起来，她默默地把我的破袜子全补好了，被子里，褥子里加絮了棉花，又给我缝了一件新衬褂。月头上发钱的时候，她留下了十万块钱，没有去存款。

已经可以断定她完全同意我去上学了。我把这个消息，告诉我的同志们。同志们都紧紧地握着我的手，向我道贺。并且有人建议，动员我妈在欢送会上讲讲话，给当妈妈的作个榜样。当真就有人对妈提起了这件事。哪知道她淡然地说：

"免了吧！"

问她为什么？她说，万一憋不住，感情上来了，当场流了泪，一怕影响不好，二怕人们还以为我舍不得儿子走呢。

开欢送会那天，人都到齐了，我有意看了看，旁的同志们的家属全来了，就只我妈没有来，我心里有点不安了。

我心里老捉摸妈妈为什么不来？莫非她变了卦？正在这时候，我们同院的小闺女于翠娥，兴冲冲地在人群里找到了我，她手里拿着个纸匣子，见面就当着那么多人嚷起来：

"叔，奶奶可给你捎来了好东西了——先不要看！她说，她忙着给你准备行李，让我告诉你，她不来开会了。"

我的心"卜卜"地跳着，我掀开匣子盖一看，两片翠绿的蜡叶衬托着一朵鲜红发光的大红绒花，下面有两条红缎带，写着金色的大字。一条写"忠心报国"，一条写"胜利而归"。同志们也都挤过来看，抢着替我别在胸口上。那花，闪出火一样的光。人们就嚷起来，大家都来瞧呵！谁谁谁的妈妈给他送光荣花来了！我的脸一下全红了。这是妈妈的心，这是妈妈的意志。我要带上这朵花，去参加人民志愿军。

我有这样的一个妈妈，我感到光荣。

一九五〇年十二月二十四日，
在北京御河桥

携手前进

　　刘书全是这个纺织厂的工人纠察队队长，布厂里的四十八台机的助管。这一宿，天半亮不亮的时候，一阵擂鼓似的敲门声，把刘书全惊醒了。他以为厂子里出了什么岔子，赶紧下炕去开门。开门出来一看，原来是吕三炮——纠察队的一个队员。
　　吕三炮急急忙忙从臂上摘下纠察队的臂章，往刘书全的手里一塞说：
　　"不干这个了！"
　　他说了转身就走，被刘书全一把拉了回来。
　　"疯啦？说呵！"刘书全问。
　　"我和潘振德打了一仗！"
　　他说的这个潘振德，也是个织布工人，纠察队的班长。刘书全知道他是怎么样的人，觉得奇怪，不觉话就说出口来：
　　"别他妈又胡说了！"
　　"谁骗你是个孙子……"
　　接着他就说，昨天晚上，他们这一班开检讨会，潘振德说，纠察队员不但在工作上要好，生产上也得有个样子。千万不要上工也睡大觉，茅房里一泡就粘住了，特别要注意节省原料。自今世道变了，工厂是咱们大家伙儿的，省细一点儿是一点儿，不要认为不是家里的东西，就随便糟蹋。吕三炮说到这里，越想越冒火，就冲着刘书全大声嚷起来：

"我说，潘振德！你当班长才几天？不撒泡尿照照，你长着几个脑袋？嗯？可就训唬起人来啦？"

刘书全插了一句：

"人家可句句都占理呵。"

吕三炮抢着说：

"让我说完呵！我说，潘振德！有话咱们就往亮里摆，这不是指着和尚骂秃驴吗？我吕三炮可不是一天半天的了，咱可不吃这个！咱们哥儿们有什么过不去的？嗯？"

"这你可就火儿啦？"

"咱可不含糊——劈脸就给了他个响锅贴！"

"嗯？他呢？"

"他把胳膊一挡，没打着他，我就跑了！"

刘书全说好说歹，总算把吕三炮劝回去了。

这天，刘书全进厂以后，就问潘振德，吕三炮到底是怎么回事儿？

"你放心！我不跟他一样，我知道我的责任。"潘振德说。

他俩嘀咕了一阵，决定了帮助吕三炮进步的方针和具体计划，暂时不去惹他。

吕三炮和潘振德三天没说话。

第四天，潘振德来找吕三炮，问他：

"我有什么缺点你给提提！"

潘振德心平气和，好象把打架的事，早忘得没了影儿了。吕三炮反倒有点不好意思起来，象个闺女似的，红着脸说：

"我我我，我想不起来。"

这天，潘振德、刘书全、吕三炮都是夜班。

吕三炮一觉醒来，从地板上爬起来，准备吃夜饭。他揉了揉眼睛，向全织布间一望，只见一个个都在紧张的工作。他看见刘书全抿着嘴儿，车前车后，跑来跑去，满脑瓜的汗直流。那个不要命的样子，吕三炮觉得很有趣。他随手拿起一个空纱管来，在管心里灌满了唾沫，照准刘书全的脸扔过去！

"啪"的一声，刷了刘书全一脸的唾沫。那纱管掉进织布机的压轮隔叉里，"卡嚓"一声，纱管粉碎，车停了。

刘书全回头一看，只见吕三炮手扶布机的闸把，仰脸看着飞转的皮带，装着没事儿的样子。心想，唉！这个人！

第二天上工以后，吕三炮拿起自己的"布票"来一看，不觉吃了一惊，他疑心整理科的书记工算差了帐。他这几天来，觉一点也没少睡，怎么布反倒织得多了？平时，他一工多不过织四十三码上下，强够着最低标准码数。这几天有了鬼了，怎么增加到四十六七码了？他不喜欢瞎费脑筋，开了一会儿车，又倒在地板上睡着了。

当他又一觉醒来的时候，他才发现了这个秘密。马上觉得浑身发热，脑瓜上出了汗。

原来潘振德正在帮他开车，帮他拾掇残布。吕三炮走到他跟前，他看也没看吕三炮一眼，只是把闸把一推，开了车，又匆匆忙忙回到自己的织布机前去。

吕三炮把围裙一紧，连气儿也没哼，就干开了。这一宿，他眼睛睁得又大又圆，一直顶到下班的红灯亮了也没歇手。

从此吕三炮上工的时候，再也不打瞌睡了；他"布票"上的码数，一天比一天涨，一直涨到五十一码。

大家都觉得很奇怪，有人说："哪个大夫给开的药方？"也有人说："太阳从西边出来了！"

按说吕三炮的手艺，就拿整个布厂来说，也出不了前十名。他也并不是生来就有这个瞌睡病的，那是叫人家一个耳光打出来的。

国民党统治的时候，厂里有一个外号叫活阎王的人事课长。有一次，活阎王和另外一个工人发狠，伸手就想打人。那工人拔腿就跑，他就在后面追。那工人拐了一个弯跑掉了。恰好,吕三炮在前面走着,他和那工人穿的戴的一模一样,个儿长得也差不离。活阎王上去就"啪"地给了一个耳光。他一回头,活阎王才发现打错了人了。索性将错就错,瞪了吕三炮一眼,撇着京腔说:

"工作时间谁叫你乱跑,嗯?"

吕三炮正懵头转向,话也说差了:

"我上医务所去!"

活阎王一下就抓住了理,骂了一声放屁,伸手又给了吕三炮一个耳光,打罢,就钻进了人事课。

吕三炮猛追过去,门插住了,使上吃奶的劲也没推开。从此,他就得了瞌睡病。扶着扶着闸把睡着了,接着接着线头,爬在布机上又睡着了。后来,他索性躺在地板上睡开了太平觉,还放出大话:谁管闲事,就和谁拼。人说他是个二百五,敢说敢做,谁也不敢惹他。人们问他到底是怎么一回事儿:他不说,他嫌丢人。

天津才解放,枪声还没停,吕三炮提着一根织布机上的铁绞杆,要去找活阎王算帐,叫刘书全拦住了,对他说:

"兄弟!天下都是咱们的了,别着急,先办大事要紧!"

吕三炮马上参加了工人纠察队,他对这事倒比谁也积极,背着杆破枪,转游来转游去。他的瞌睡病也好得多了。他说:"过去没人识我的货,本事只好烂在肚里头。"现在,可轮到他卖力气的时候了。

吕三炮自从那天黑夜,发现潘振德帮助他拾掇残布的事情以后,心里总觉得过意不去,象是欠下了人家一笔帐。在大面上他还是那个老样子,一句知情的话也没说。

他记得自己在十一岁那年,成天在垃圾堆上拾破烂。有一次,为了争夺一个洋铁烟筒,和旁的孩子揍了一架;他的后脑瓜勺上被砸了一个窟窿,他怕妈妈知道了要训唬他,连睡觉也不摘帽子。有一天晚上,妈妈发现了这个秘密,就把他叫醒了。他清楚地记得,妈妈的眼泪,一滴一滴地滴到他的脸上，温热温热的。他心里觉得比揍了他一顿还难受，可是他一句话也没说，他决意听妈妈的话，不再淘气了。那心情正和现在差不多。他总觉得交朋友讲义气，不是嘴说的事，他总想找个机会来报答潘振德。

有一天，潘振德得了重感冒。干活的时候，摇摇晃晃，象喝醉了似的，手脚有点不听使唤了。吕三炮发现了这事，瞪着一对圆眼，让潘振德坐下，不许再动。那神情，仿佛潘振德要是不听他的话，他又要请他吃耳刮子了。

吕三炮自己开着四台织布机，加上潘振德的六台，他一个人招架开了。刘全书怕他忙不过来，几次跑过来要帮忙，都被他一手推开了。一直顶到下班，没有一台停车的。他那股子勇劲儿，简直象是当年赵子龙大战长坂坡，全身武艺都施展出来了。

书记工给三炮写了个稿，登在"职工壁报"。题目叫："吕三炮变了吕三勤——手勤、腿勤、眼勤。"大大表扬了他一番。有一个记者同志，还专门访问了他一次，请他谈谈思想转变的过程。广播电台准备请他去讲话，人们把他看成个宝贝了。

独有刘书全和潘振德一句也没夸奖他。这事很使他难过。有一次在下班的时候，潘振德指着他那穗子盒说：

"三炮，这可不成！光图织得多，把穗子全糟蹋了。"

吕三炮爱理不理地说：

"这算什么？早先我把囫囵穗子一大把一大把地往毛坑里扔，擦屁股也用'红五福'！"

"去年的皇历今年用不得啦！"

"又不光我自己这样！"

他说着，撅撅嘴走了。

原来吕三炮光图织得快，嫌老是换梭接线头费事，他一看是个小穗子，就撂了。线一断头，他也不管穗子上还剩下多少纱，就又换上一个囫囵穗子。旁人也有这情形，可总还有点心虚，悄悄地把纱抹下来，用脚踩几下，踢得老远。吕三炮可满不在乎，明打明的放着，半截穗子盛满了一盒子。

有许多事情，是料想不到的。这次吕三炮受了潘振德几句批评，大面上还是那个老样子，心里却难受死了，差一点儿没掉泪。这些日子以来，吕三炮卖命地干活，主要就是为了报答潘振德的交情，到头来捞了个吃力不讨好，他越想越伤心。

整个布厂的生产数量，一天比一天增加。厂里的军事代表杨同志，召集生产上有成绩的工人和技术人员来开会，以便了解情况。吕三炮、刘书全、潘振德都来了。

杨代表自己没说话，先请大家发表意见。大家对开会还不习惯，过了好几分钟，没个说话的。吕三炮开了头一炮。他从日本人占着的时候说起，说到国民党来了以后，一直说到今天。他说到过去自己在旧社会里吃过什么苦，又说到解放以后自己的希望和感想。他说得很具体，很生动。

吕三炮说一句，杨代表和工作组的同志们点一下头，好象很感动的样子。一位女同志，一脸苦相，甚至感动得快流泪了。吕三炮越说越有劲，不知不觉吹开了牛皮，他说：

"一台机保证织到五十五码，不成问题！"

吕三炮还想往下吹，他看见刘书全和潘振德的脸上毫无表情。最使他生气的是，那位保全技师沈胖子，脑袋一叩叩的，听得想打瞌睡了。一下子，他泄了气，就不说了。杨代表问他叫什么名字？他说：

"吕英才——吕洞宾的吕；英雄的英；天才的才。人们都叫我吕三炮！"

这句话，引得全场大笑。

接着，旁的工人都说了话，都说产量还可以增加，只有紧挨着杨代表坐着的潘振德，一句话也没说过。杨代表对他说：

"潘同志，你还没有发表意见呢！"

潘振德待了一会儿才说：

"不大点意见——就怕质量上、原料上要受损失！"

杨代表请他举个具体例子，他又慢声慢气地把现时大家不爱护原料，小穗子不用，用了一半的穗子就扔了的事说了说。刘书全马上答了腔，还补充说，一台机、一工，至少要浪费十二三个穗子的纱。

经他们一说，旁的工人也点起头来。就连姜工程师和那个想打瞌睡的沈技师也齐声说："事实确是如此！"

杨代表心里一亮，赶紧问了问一个穗子有多少纱？拿起笔，就在小本上做起数学题来：二千零十六台织布机，日夜两班，按每台机浪费十个半截穗子，用一年时间计算下来，答数是把浪费了的纱织成布，至少可以解决一师人的单衣问题。他就站起来说：

"同志们！这是一个很重要的问题！"

于是，大家又说开了。

只有这位吕英才同志，有点不耐烦了，他从口袋缝里掏出了半颗花生米来，撂到嘴里。他突然觉得有点希望，又有点难受，心里乱腾起来了。往先，这种心情他是少有的。

散会以后，杨代表把潘振德和刘书全请到军代表室里，和他俩讨论怎样克服浪费原料的事。杨代表问三句，他俩不一定答半句。杨代表以为他俩思想上有什么顾虑，于是再三启发，他俩还是那个老样子。

杨代表说：

"你们两位不都是党员吗？"

刘书全点了点头。

"你们应该把厉行节约，反对浪费，作为当前支部重要任务之一！"

"我们的力量太小了，全布厂统共只三个党员，有一位上市委学习班学习去了。"刘书全说。

"那不要紧，问题在于善于团结群众，马上就要建立青年团了，进步力量就会很快的发展的。"杨代表说。

"团结群众的事，我们倒已经在做了……"

他把团结吕三炮的事捎带也说了说。

杨代表说：

"我听总支汇报过这事，这是很好的。可是你们要注意一点：不要仅仅在私人感情上做功夫，或是毫无原则地迁就、让步。比方说，吕什么炮的那人，要打潘振德同志的耳光，那明明是不允许的，应该对他进行批评和教育，要不，对工作对他都没有好处。这样，同样是会脱离群众的。这就是说，团结群众，主要是要从政治、思想上启发和帮助群众的觉悟，让他懂得党的政策，接受党的领导。这样，才能巩固群众的积极性。"

刘书全和潘振德听了杨代表的话，不觉微笑着连连点头。

星期天的下午，刘书全正想出门去找吕三炮聊聊，哪知道吕三炮自己先来了。他在炕上坐了半天，面孔红堂堂的，眼睛水汪汪的，出气挺粗，一句话也没说。刘书全知道他又喝了酒了，忙叫老婆沏壶酽茶来。

"我没有醉——我有一句话要问你！"吕三炮说。

"你说吧！"刘书全说。

"你说咱们哥儿几个数谁吃的苦多？"

"我看谁也够受！"

"你说差啦……"

吕三炮一面说着，一面用两只大手捧着脸"呜呜"地哭了起来。

弄的刘书全不知道该怎么着好了，心想，吕三炮这个人，在人面前，连句软话也没说过的，记得日本人占着的时候，有一回，吕三炮偷了点纱，被逮住了。日本人光让他穿了个裤衩，把他吊着，浸在海河里。那正是数九天气，日本人把他提上岸来的时候，冻得他脸上一丝血色也没有了，裤衩冻得象铅皮似的"卡嚓卡嚓"响。朋友们就在海河岸边的一个卖茶的窝棚里，替他擦背，半天，他才缓过气来。大家凑了点钱打了四两白干，让他暖暖身体，他抢着酒壶，一气喝了个干。他抹了抹嘴,结结巴巴地笑着说:"好好好好,好酒好酒!哪哪哪哪,哪个铺子打来的?"他自己穿上袄裤,歪歪斜斜地站起来,也不让人扶,就走回家去了。一面走,一面还大声唱起来:"我好比,笼中鸟……"大面上还是满不在乎的样子,可是那声音却直发抖。

当时,刘书全想,这个人真是铁打的?怎么今天却当着人面哭起来啦?

这时候,刘书全就对他说:

"兄弟!我知道!"

吕三炮用衣袖擦干了眼泪,站起来,拍了一下桌子说:

"唉唉……你知道得不全!"

接着,他就象决了堤了的水,滔滔不断地说开了。

他八岁上死了爹,为了吃饭,娘改嫁给卡子上的警察张麻子。这人是个酒鬼,不打人,手就痒痒,娘儿俩就成了他的拳靶子。他高兴了也打,生气了也打。有一回,他又醉了,提着三炮的耳朵问他。"叫爹,叫!你凭什么不叫我爹?"吕三炮抿着嘴儿不说话。他就用两个手指头,掏到三炮的嘴里,勾住嘴角往两边裂,三炮哭了。他就说,"我可没有死,你哭什么?你要给你亲爹挣气,你娘别跟我呵!"他骂着,把三炮的头按在炕沿上,他就坐在上面。三炮的娘去劝,他伸手一巴掌,把她打了个跟跄。

吕三炮在十二岁上,进了这纺织厂,当养成工,到如今整十二年了。

后来,酒鬼死了,娘也死了,埋在海河边上戚家圩的乱葬岗上。那坟挨河近,一发水,就泡在水里,棺木全腐朽了。

吕三炮想,一辈子就这个娘,心里着实不好受,老想把坟挪动挪动,可没有钱。于是,他就偷,给日本人逮住了,揍一顿,他擦干了伤口上的血,再偷。

好不容易积攒了一笔款子。那年发水才落,吕三炮雇了一辆排子车,拉了口棺材,老远赶到戚家圩。一看,什么也没有了,连块碎骨头也没找到……他望着海河里的一片滔滔的流水,呆了半天,回来了。

把棺材卖了，钱全喝了酒。

吕三炮说到这里，又呜呜地哭了。

"我想，解放了，总会好一点，哪知道还是受气……"吕三炮说。

刘书全抢白了一句，打断了他的话：

"你受了谁的气？"

"嗨！可多着哩，你们让我好好干活，我真干了，你们又说我糟塌材料。这还好说，闲人的话，可比这更难听，有人说我溜舔，有人说我是财迷脑袋，光图织得多，多挣棒子面。有人说我是个'投机分子'！这是什么话呵？真是老鼠钻到风箱里，两头受气。旧社会做人难，新社会做人更难。"

"那你到底为了什么？"

"对你说明的吧，就说潘振德这人，我没说的。我打了他，他不记仇，反倒帮我做活，这比打我一顿还难受。我就好好干活，听你们说我句好话，我也就知情了。可是，你们还是这不是那不对地训我，弄得我懵头转向，叫我怎么着呵？当着咱们哥儿几个还好说，那次你们在管理会上。当着那么多的人，当着杨代表就拆我的台，这怎么不叫我伤心？"

"那我和潘振德又为什么？"

"你真把我看成二百五了！这，我明白！反正你们怎么干，也不多挣，我不能说屈心话，说你们是自私自利！"

"这就对啦！这都是为了大伙儿，为了咱们国家嘛，人家说闲话，让他说去，你干你的不就行啦！"

"你敢说我在做活上头不卖力气？这会儿我一听人家还叫我吕三炮我就生气！"

"这谁也知道，你变好了，可是，你在节约上头，可太差劲啦！"

"我是从四大金刚那里学的徒，大手大脚惯了，我就讨厌扣扣索索的。"

"你得明白，咱们这个国家，正象是一个得了伤寒病才好的人，肚子肠子薄着哩，一点点亏损也不受，身子骨儿才能壮实。一针一线都是人民的血汗。咱们得细打细算过日子，可不能学败家子。"

吕三炮低下头，抿着嘴儿不言语了……直到他临走的时候，酒也醒了，模样儿也变了，两手搭着刘书全的肩头上说：

"大哥！我听你的话，你叫我蹲着，我就不站着。我是个直筒子，二百五劲儿上来了，天塌了也不管！你得多指点指点。"

刘书全不知为什么，鼻子一酸，忍住了泪说：

"英才！咱们谁比谁也差不了多少，日后有事，咱们多商量着办，可轮到咱们卖力气的时候了呵！"

刘书全、潘振德他们，联络好了八九个积极分子，嚷嚷着组织生产互助小组的事，大家的情绪很高，当下就订出了四条组规：一、互帮互助，不使停车；二、保证数量，提高质量不织残布；三、不浪费一个半截穗子；四、不拿厂里一根线。吕英才第一个参加了生产互助小组。

大约过了两个星期，从布厂到纱厂，直到原动部，都组织了生产互助小组。饭厅里，宿舍里，人们闲谈的时候，也都谈着生产节约的事。壁报上、黑板报上满是生产节约的新闻、论文和诗歌。里边有一篇是表扬吕三炮的，说他过去光图生产数量，不注意节约，现在，他的穗子盒里，再也找不出半截穗子来。虽然产量上略略低了点，但质量提高了。不过背后也有些不同的说法，说吕三炮一见人家的穗子盒里有了半截穗子，就和人家吵架。人们说他是和尚管道士，管得太宽了。

不久，吕英才加入了中国新民主主义青年团，介绍人是潘振德。

当时，吕英才就觉得奇怪，问道：

"你自己也不是，怎么介绍我呢？"

潘振德光抿着嘴儿嘻嘻笑。

"你为什么不参加？"吕英才又问。

"我又不是青年！"

"嗯！装什么洋蒜？你真的把我看成二百五了！入团年岁不是按

周岁算的吗？你不是比我大一岁？虚一岁那不正好够着？"

潘振德又笑了，只好说：

"往后你会明白！"

吕英才觉得潘振德各方面都比自己强得多，为什么不是团员呢？他吃不透这是什么馅儿。

五月间，吕英才听人说，厂里的共产党要公开了。他对这事情很有兴趣，他要看看共产党员到底是个什么样子？他想杨代表那当然是，还有谁呢？潘振德、刘书全，左猜右想，也拿不准。

终于，在这一天，厂里召开公开党的大会了。吕英才匆匆忙忙一溜小跑就进了会场，连那贴在布告栏的党员名单也忘了看。

开会了，先是杨代表讲了讲公开党的意义。接着，是党的总支书记，工作组的一个同志讲话。他手里拿着一张党员名单。他念一个名字，大家就鼓一阵掌。被念着的人，一个一个地走上台去。

吕英才老是想站起来看，总是被坐在他后边的人把他按下了。他两眼一眨也不眨地死盯在台上，竖着耳朵，光怕听漏了。

总支书记按着名单一个一个往下念。突然，他念道：

"刘书全——布厂分支书记！"

"潘振德——布厂分支委员！"

吕英才猛地跳了起来。不知不觉就嚷出声来：

"嗨！噢……"

他一个劲儿地向着站在台上的刘书全、潘振德打招呼。后边的人齐声喊道：

"欢、迎、吕、三、炮、坐、下！"

他只好坐下，可是又想站起来，刚一挪动屁股，又叫坐在后边的人按住了。

这时候，刘书全和潘振德，微笑着，向台下鼓着掌的人们鞠了一个躬。

这个会约莫开了一个钟头。主席一宣布散会，吕英才一个箭步跳到台上，窜到刘书全和潘振德的当间，左右开弓，一人给了一拳头。

"好家伙！你们怎么瞒我？"

刘书全和潘振德哈哈大笑起来。

三个人手挽着手儿，走出会场。吕英才偏弯着脑袋看了看刘书全又看了看潘振德说：

"甭瞒我，早叫我看出来了！你们党员真叫人心服！"

突然，吕英才低下头来，象在思谋些什么，有点腼腆地说：

"二位！看我这块料怎样？够资格参加党不？"

"只要你继续进步，当然欢迎啦！"刘书全说。

这时候工人管弦乐队正吹奏着"弟兄们！携起手来向前进！"那首歌曲。他们三个也就随着大伙儿响亮地唱起来：

  共产党领导我们，教育我们，
  弟兄们！携起手来向前进！
  拿出我们的力量来，
  全心全意为人民！
  建设一个新世界！
  向着光明、向着自由、向着幸福，
  前进！
  前进！
  向前进！

一九四九年十二月二十二日夜，
在天津海河之滨

海河边上

一、兄妹

　　这两个人：一男一女，年纪大约都在十七八九，都在这布厂里看车。家在天津海河沿岸小刘庄上"庆余里"的一个院里住。每天每天，上工下工，这两个人都在一起走。上午家里来送饭的那个老人，两手总是同时提着两个提盒，不是那个男的就准是那个女的去接饭，说说笑笑谈些家常，他俩就在一起吃起来……

　　旁人以为他们是兄妹俩，这样，这两个人的相貌仿佛也极相似了：都是细高挑儿，长眼毛，直鼻梁儿，脸面虽然都有点清瘦，可是看起来——特别是他们那眼神，忽撩忽撩的，显得很精爽，很聪明……他俩穿着一个样式的网球鞋，胸前别着一个样式的毛主席像章……如果再仔细看看他们俩别在胸前的那"服务证"，才知道是说差了——男的姓张叫大男；女的姓马叫小花，分明不是一家子。

　　这张大男和马小花，连他们两家的大人，也记不清在什么年代，两家就成了邻居了。当他俩还在八九岁的时候，每天早起，还没等工厂里拉笛儿，他俩谁先起来，谁就在院子里喊一声："走哇！"那一个也就会答应："来了！"于是他俩一人背着一个筐子，用手揉揉眼睛，相跟着出去拾"毛篮"拣煤渣……满世界地跑，那里也去。

大家都知道：干这行当，也是不易，特别是女孩子。因为常常为了巴掌大的一块破布，为了胡桃大的一块煤渣，孩子们为了生活，就要吵起架来，以致互相扭打。而女孩子远不如男孩子野，力气又小，常常要吃败仗。所以，张大男能拾一满筐，马小花只拾一筐底。逢这时候，小花的娘就对小花说："你看人家——你干嘛去啦？"小花就会说："我是个女孩子嘛！""女孩子？女孩子就不吃饭啦？""啪！"的一声，常常就这样，小花就挨了她娘一巴掌！于是，她就坐在台阶上，擤擤鼻子"哇哇哇"地哭半天。最后，小花她娘自己也就啜泣起来，叹息小花她爹为什么不长眼睛，当小花才八岁就叫汽车轧死了……

不知道为什么，往往在这些时候，大男在一旁看着，觉得怪难受的，就跑到小花跟前，轻声地说："小花小花！赶明我帮你拾。"仿佛这幼小的心，已经知道什么是同情啦！

所以，他俩每天天黑回家，大男见小花的筐底太浅了，就会在自己的筐里，拿出一个半截的洋酒瓶啦，一个盛烟卷的罐子啦……悄悄地放到小花的筐里。小花就会对他笑一笑说："看你！"表示很感激。

有一次，小花为了一块煤渣，和一个叫李宝才的孩子争起来，吵着吵着，宝才就把小花打倒在地，骑到她背上，捏紧了小拳头，擂鼓似的直擂。大男一见，放下筐子，直扑过去，和宝才扭打起来，打得满地乱滚，混身是灰……小花想助战，也插不进手去，光知道坐在地上，一面"哇哇"地哭，一面向宝才扬土……

后来，大男叫宝才在后脑瓜勺上打了一个不大不小的窟窿，血象条蚯蚓似的弯弯曲曲地流到脖子上，宝才这才住了手。

小花赶紧抓了一把灰，往大男后脑瓜勺上一按，拣了一条破布条，替他扎好了。象母亲似的问他："痛不？"他说："不！我饶不了他！"

这时候，宝才远远地站在一个垃圾堆上，仰着脖子喊起来："大家都来瞧呵！嗨嗨！看这小两口子！"

大男推开了小花，又想冲过去打，宝才做了个鬼脸逃走啦！

大男怕家里的大人知道了这事，会训唬他，所以回去以后，连气也没吭。

这些虽然已经都是十年以前的事了！可是，大男和小花至今还没有忘却！他俩偶尔说起这些往事，彼此就会沉默起来，虽然脸上露着微笑，可是鼻孔眼里就会发酸。特别是近几年来，他俩偏偏好回想这些事情，正象爱吃青梅的人明明知道这是酸的，可是总是想它。

二、戒烟

自从天津解放到现在，世界变了样啦！张大男和马小花也变得更聪明了！他俩和旁的青年工人一样，拿出使人吃惊的热情，来迎接那新的生活。

马小花参加了剧团，张大男马上也参加了。张大男参加了生产互助组，马小花也就报了名。马小花参加了青年团，张大男马上就申请入团……好象都是事先商量好了似的。就只有一件事两样：马小花参加了"工人业余学校"快一星期了，可是大男连吭都没吭一声。

这天下工以后，他俩并着肩，沿着海河，回小刘庄家去。马小花早想问他为什么不参加学习？这时候她就问了：

"你为什么不参加夜校？"

"凭我这个脑瓜就行啦！"

"你不学习就想参加青年团？"

"嗨！这才怪啦！团章上也没规定：不许不识字的人参加！"

"可是青年团的基本任务是学习呵！"

"得了！我一个拣煤渣出身的孩子，连一天学也没有上过……学习也白费！"

"你不见人家李宝才？从小不也是跟咱们一样，你看人家学习得多棒！解放到现在可认下四百多字啦！"

"嗳！你怎么老拿他和我比？"大男说着，心里有些不高兴。这个李宝才，就是在小时候把大男打了个窟窿的那孩子。现在他也在布厂看车，他那车正挨着大男的车。不知为什么这些日子以来，小花老是在大男面前夸奖他，大男一听心里就腻。这倒并不是因为在小时候他们打过架，这事，大男早不结记了！他知道这是为了生活逼迫的缘故。那到底为了什么？大男自己也没想过。

小花见大男不说话了，就又问他：

"你说李宝才怎么啦？那一条不如你！"

大男一听就火啦，随口说了一句：

"我怎么就比上他了？我是个老几？人家又机灵，又有能耐，又是青年团的小组长，小伙儿又长得漂亮！"

"嗨！你说到那里去啦？"小花说着脸就红了，她一听大男这话里有骨头，就把头一扭——那额发撂到一边，不再理他。

大男也觉得自己太冒失了，屈了人家的好心。于是就把话岔了开去：

"嗳！我说，小花！咱们说正经的——你估摸我入团批得准批不准？我今天可领了'入团志愿书'啦！你给我提提，我有什么缺点？"

"你呀，生产上、工作上、思想上都不赖！除了不好学习，就是在生活上还有两个小缺点，说了你也改不了！"小花说。

"嗨！你把我看成什么人了？你没听'军代室'杨秘书说过：缺点好比是我们的敌人，你看蒋介石那么个大个儿敌人，都叫咱们打垮了！我还改不了我的小缺点？你说你说！"大男着了急了。

小花微昂着头，笑着，慢吞吞地说：

"依我说呀，第一，你好抽烟，又浪费又有味……"

"这算是个什么缺点？我说改就改！"

"就怕你改不了！要不咱俩打个赌——一斤栗子！"

"好！我改给你看！"大男说着，从口袋里掏出了一盒抽剩下几支的"恒大牌"烟卷来，三脚两步跑到堤墙跟下，用手向海河里一扬："去你的吧——小花！这你可输定啦！"

　　小花跟过去看！一片夕阳，映得河水金黄，那烟卷盒，随着那些老菜叶、西瓜皮……飘呵飘地向东南流去……（从此以后，当真他戒了烟，就说有人掏出烟来敬他，他就会把手一摇："戒了！"人们故意逗他："你不是说：宁可不吃饭也得抽烟吗？"你不是说："我娘老子让我戒，我也戒不了嘛？"他就会微微一笑："这，你们可猜不着啦！"）

　　这时候，他俩靠着那海河的堤墙站着。大男回头看小花："你说我还有个嘛缺点？说呵！"

　　小花抿着嘴儿一笑："还有……值不得一提——看你那小褂，谁象你呵？太邋遢啦！"

　　大男不好意思地笑了！心里有一种又高兴又难为情的滋味……

三、填表

　　这天，大男回到家里，才坐下，就从口袋里掏出"入团志愿书"来。喊道："二男二男！快来！"二男是他的弟弟，今年十二岁，在职工子弟学校上学。这时候，他在院子里练习扭秧歌。听见他哥哥老是叫他，就扭着往屋里跑："哥！干嘛呵？"

　　大男说："来来！给我看看这表，该怎么个填法？"二男拿过表来，看了半天，念道："……家、庭、经、济、状、况，家、庭、人、口，社、会、关、系……这叫嘛呵？我填不了！"二男说着，把表往大男手里一塞，扭头就跑，被大男又抓了回来："你这孩子，光顾着玩！全家省吃俭用地供你上学，你他妈的全'就'了饭吃了？要没我呵，还不是让你成天在垃圾堆上打滚……"二男听也没听，全心全意挣扎着往外跑。大男就拧住了他的耳朵："你跑你跑？"二男圪蹴在桌子底下,裂着大嘴"哇哇"地嚷起来:"嗳哟!妈呵!爹呵!哥又欺侮我啦!你们不管管呵!"

恰好老头儿端着一盘子贴饽饽、一碟子熬小鱼,从外间进来,见了他哥儿俩那样,叨叨着说:"吃饭吃饭,那么大人了!你跟他一样?干嘛哩?"说着,把饭食往桌上一摆,准备出去端面汤!大男放了手,把他爹叫住了:"您哪,别走,我有事问您。"

老头儿爱理不理地说:"有嘛紧事?吃了饭再说吧。"说着就出去了。

....

吃过饭,大男和二男隔着一张桌子,面对面地坐着。在二男的面前摊着那张"入团志愿书",他手里拿着笔,弯着头……他爹坐在一边抽旱烟……

大男对他爹说:"您哪,您把我爷爷和您的历史对我说说。"他爹说:"说这有嘛用?""填表呵?""填表?填嘛表?""青年团的!""你入青年团?你给我少折腾吧……"

大男马上就把青年团的意义啦,任务啦……把他听来的一大套道理,背了个过来。最后他说:"青年团是个大学校,是指引青年人走正道的,是让青年人学好的!"

老头儿听得眉开眼笑。心想:解放才几个月呵?这小子可真不含糊!新事懂得比我老头儿还多……

他爹说着说着就说开了:

原来大男的爷爷也是个苦人,地叫财主吞了,没办法,把家当拾掇拾掇,刚够一担挑。那时他爹才五岁,奶奶背着他,一起来到"天津卫"。那时候天津才兴洋车,他的爷爷就拉上了……当他爹才十二岁,爷爷死啦!死的时候,连一件囵囵衣裳也没穿上,裤腿上露着肉……埋在"东楼卫家坟地"乱坟岗上,不几年奶奶也死了……

他爹自己,小时候拾"毛篮",年轻的时候拉过洋车,当过码头上的苦力,二十五岁上进了"华新纱厂",就是后来改做"中纺七厂"

的那工厂。整整做了二十六年的工,今年五十一岁啦!头天津解放,厂子叫陈长捷那狗×的毁了,于是失业在家,等着建设了新厂子,再上工……

他爹在三十二岁上成的家,他娘在"玉源纱厂"择棉花。第二年,有了大男,直到生大男那天上午,他娘还在厂里做工,觉着肚子痛得厉害,旁人才挽她上了洋车,那正是七月天气,半道遇上了一阵大雨,着了凉,月子里又保养得不好,落了个半身不遂——两腿不管用了,长年瘫在炕上,直到现在。后来才有他弟弟二男……

老头儿一开话匣子,象决了堤的水,没个完啦!这些事,大男早先也听他爹说过,可是哪一次也没象今天那样激动。二男年纪小,知事更少,听着他的大人们过去的一切苦难,皱着眉,半张着嘴,象是要哭的样子。

老头儿说着说着,叹了口长气:"唉!那日子,真算是在沙漠里拉骆驼,到那里是一站呵!他说着就低下头来,不说话了。屋子里静悄悄的,仿佛能听见那海河水"哗哗"地拍打着停泊在岸边的船……

突然,老头儿抬起头来,向大男说:"你填表还填这些个?"大男说:"不!只填重要的。"他爹问:"填这是嘛意思呢?"

大男说:"这,大概是让我们记住过去的苦,入团以后,就可以更使劲干,将来好实现共产主义社会,让全世界的人不再受苦!"

老头点了点头。二男用笔蘸了点墨水,准备替他哥填"入团志愿书"。

四、竞赛

团总支批准了张大男的申请。从此,张大男就是一个新民主主义青年团的团员了。

星期五这天下工以后,青年团开小组会。张大男和马小花在一个组里，组长是李宝才。

小组会上讨论了怎样节省原料，接着就讨论怎样带动群众积极生产。大家的意见是先从团员做起，先给群众做个榜样。李宝才提出要展开生产竞赛；各找各的"对象"挑战！大家拍手赞成。

"对象"怎么个找法呢？"战"怎么个"挑"法呢？这是个新鲜事，谁也不说话了。憋了好几分钟，马小花的一个姨表姐叫陈玉珍的也在他们这个组里，见谁也不说话，她就开口了："我打头一炮——看谁织的码数多，残布少，就算是胜利！"她说着，对李宝才瞟了一眼，回头对坐在她一边的张大男说："张大男！你跟李宝才挑吧！你俩又是紧挨着的车！"李宝才笑道："我头一个赞成！"

可是，张大男低着头，不说话。陈玉珍就对他说："你呢？表示态度呵！"大男说："我不！"陈玉珍说："你怕什么？你们都是一百一的把式，你这么点勇气也没有？"

大男还是低着头，不言语。他偷偷地看了小花一眼，那知道小花正瞪着眼狠狠地瞅着他呢！他心里也就更乱了，就说："我不，找旁人吧！"旁人就说："你不挑战，你把你的困难说说，帮你出主意克服！"

大男说："我没困难！我不想挑！"

这时候，小花忍不住说了话了："嗨！看你那个样子！连点团员味儿也没有！"大男就火啦："你行你行！你有团员味儿！你有团员味儿！你跟李宝才挑吧！"小花也不让他，说："你得记着你是个团员，你知道团员的责任是什么？"大男说："我没有那么好的记性，我不知道！"

旁人看了这架势，就七嘴八舌地说："喂喂！这是团的小组会，要抬杠，散了会再抬！"

这样，他俩才算不说话了。陈玉珍就说："不挑就不挑，这得自愿才行！大男！你说对不对？"那知道大男却说："挑就挑！可就有一样：要是我输了，大家可别笑话！"旁人就说："你那么个明白人，怎么糊涂啦？这是革命工作，谁还笑话谁哩！"

说实话，这些道理，大男早就明白。可是谁也没摸透他的心思，刚才他说的话是专为说给小花听的。

接着各人找了各的挑战对象。最后，李宝才说："把今天小组会讨论的结果，向团支部汇报一下，党和行政如果同意，那么明天就开始竞赛。"

临散会的时候，李宝才对张大男说："喂！明天可看咱们的啦！"

大男"嗯"了一声，就和小花出了布厂。他俩默默地走着，各人在想各人的心思。突然，小花象想起了什么似的对大男说："刚才你怎么那样没勇气，你怕什么？"大男说："咱这把式就赛过人家啦？人家是'后花园里牡丹开，人人见了人人爱'……"他的话还没有说完，小花说："你说什么？你再胡言乱语，我可真的不理你了！"大男说："你爱理不理！"

党和行政批准了李宝才他们这一组的生产计划。

生产竞赛开始了！竞赛得最使人感到兴趣的要算是李宝才和张大男这一对：说手艺，那真是针尖对麦芒，谁也不让谁，说积极性，张大男嘴上虽说"不行不行！"暗里可使上洋劲了！李宝才呢，他是团的小组长，那更不用说啦！

每天一开车，他两个的眼睛也象织布梭似的在那几台织布机上扫来扫去。两腿不停，两手不闲；全副精神都用在织布机上啦！连上茅房也是一溜小跑……

大家对他俩都很关心。可是最关心的要算是陈玉珍和马小花了！她俩一上班，换了衣服，第一件事，就是跑到李宝才和张大男的织布机前去看机上挂着的"布票"，看看昨天谁的成绩大。而且她两个总得"叽叽喳喳"地议论一番。

第一个星期下来：李宝才每天每台机织了四十七点儿五码，全排织的"残布"数他织得最少，张大男织了四十七码整，"残布"也不多。人们说："嘿，这两个小伙可摽上啦！"

110

虽说大男的成绩没超过宝才，可是小花看了心里也很高兴，对大男说："加油！"大男说："骑着毛驴看唱本——咱们走着瞧！"

到月头上，一合计，李宝才每台每天平均织了四十八码！"残布"一匹也没有！张大男也是四十八码，可是质量织得没有宝才的好，织了一匹"三等残布"。

李宝才本来是看四台机的，因为在看四台机的工人里边数他成绩大，于是他就升成看六台了。

在车间工人大会上，李宝才和张大男都得到了表扬。

马小花知道张大男的脾气，怕他泄气，就对他说："大家都说你进步得真快，可别松了劲儿呵！"大男说："咱们到这月头上瞧！"

张大男可是真的更加上了劲儿呵！有一天他弟弟二男对小花说：他哥哥中了邪啦！连在梦里也喊："干！干！加油干！"常常就把睡在一条炕上的二男嚷醒了！并且，二男还说他哥在梦里还喊她的名字："小花！小花！我保险不给你丢人！"小花对二男说："你可不敢对旁人也那么胡说呵！"二男很调皮地皱了皱鼻子说："那么你给我买个梨！"……

又快到月头了！看样子，张大男下个月很有可能升成看六台机的。

这天，大男看着车，突然有一台有了毛病，出了"残布"啦！他赶紧去拾掇，那知道他这台还没拾掇好，那一台又出了"残布"了！急得他满头大汗，恨不得长出四只手来，那就好了……

正在这当儿，紧挨着张大男看车的那个李宝才，不声不响赶紧过去，帮他拆布拾掇……当那两台机都拾掇好了的时候，他俩的眼光碰在一块了！彼此含情地一笑，点了点头……张大男觉得又难受又感激，心想，李宝才这人倒是够朋友……

到了下一个月，张大男果真也升成看六台机了。

当团里又开小组会的时候，张大男原想一定能得到同志们的夸奖，那知道同志们鼓励了他几句以后，又说他还有两个缺点要克服：第一、有点"拼命主义"，这是个偏向。以后应该长期打算，要爱护自己的身体；应该多注意学习技术，提高质量和节省原料。第二，有点光顾自己打冲锋，忘了带动群众，这样下去，就会变成"空军司令"是很危险的。 小花还给他补充了两点：有点"个人英雄主义"，在生产上应该向李宝才学习互助友爱的精神，还有他虽然已经参加了工人业余学校，可是在学习上还不够积极……

大男乍一听，有点不服，可是仔细一想，大家说得都是为了自己学好，于是他也就坦白地接受了。

开完了小组会，这一伙人就上工人业余学校去听课。到课堂里已经误了十五分钟了。 他们才坐下，教员就让他们几个到黑板上去背写生字。 恰好，张大男和李宝才都被叫上去了。

教员说："你们把'人、民、解、放、军'这五个字写一写！"

张大男写到"解"字上，就卡了梭子，把头脑想得发胀也想不出来。他偷眼看了看李宝才，嗨！人家已经写好了，拍了拍手上的粉笔灰，回到坐位上去了。 旁的人也一个一个地下去了，黑板面前光剩下他一个张大男，教员说："张同志！你温习温习再写吧！"可是，他好象没听见，还是横一道竖一道地画，越画越不象，最后，他把"解"字写成了个"角"字，憋了个大红脸下来了！

人们都望着张大男笑，就只有李宝才没笑。 他的眼睛向坐在前排的马小花一扫，嗳！真气死人！她也在笑呢！张大男忽然觉得很难过，差一点没掉下泪来……

当天晚上，张大男回到家里，一坐下，就摊开习字本来写字，写了满满的三张，全写的是"解"字。 快到半夜，当他爹睡了一小觉醒来，起来解手，发现大男屋里还没关灯。 他推门进去一看：大男爬在桌子上睡着了，面前摊着识字课本，他半张着嘴，嘴角上流挂着唾涎，显得很劳累的样子。 桌上的墨水瓶也不知道是什么时候倒下了，墨水弯弯扭扭地流得哪里也是……

老头儿心里一酸：恨自己没能耐，不能供大男上学念书，而他小子又是好样的爱学习……同时，老头又想到：自从解放以来，特别是近几个月，这小子变得真古怪，每天下班回家，一坐下不是念，就是写。早上起来，把屋里屋外的地上打扫得连根毛也没剩下，桌子擦得精光，被子叠得四方，墙上刷得雪白，上面还挂着不知从哪里弄来的一张毛主席画像，毛主席伸着胳膊，前面有一群人，都朝着毛主席指的方向前进……每月关了工钱，他一个也不留全交给了家里；连纸烟也戒了！特别是使老头有兴趣的是：这小子早先在穿戴上一向是很邋遢的，这会儿可讲究起来了，灰制服洗得干干净净，制服领口上露着小白领。于是老头忽然想到：该给他娶一个媳妇了！

老头儿把他推醒了，看他睡下了，替他盖好被子，关了电门，才蹑手蹑脚地走出去。老头儿忽然发现对面小花屋里也还点着灯呢！怕也是在学习吧？这时候，忽然，灯也灭了！老头儿想：这是怎么一回事儿：解放以后，这些年轻人们，吃了什么药了？着了迷啦！

五、抬杠

这天晚上，正当大男和二男面对面坐着写字的时候，老头儿推门进来了，坐在一旁看了半天，没说一句话，象是有什么心事似的。终于他开口了，对大男说："你先别写！我有个事儿对你说说。"大男说："您老说吧！误不了写字。"老头儿就说："……你娘成天瘫在炕上，嘛也干不了！我呢？新厂一建立就要上工去。你兄弟又小，家里烧火做饭、缝缝补补、浆浆洗洗的，没个人真是难，我想……"

大男说："您老想什么？想给我成家是不是？你趁早别提这个！"老头儿说："为嘛？"大男说："我不成家！"老头儿说："嗨！这才怪哩！莫非全由你啦？上次你舅来，还提这事，打算给你寻个乡下姑娘！你舅说，正好有个碴儿，比你只大四岁，人品又好，又听话，五官端正，白胖白胖的……我想象咱们这人家，就数寻一个那样的乡下姑娘好……此地人——象你们厂里的闺女们文明是文明，我总觉着疯疯傻傻的,一个也不在我眼里……"大男没等他爹把话说完,心里就"卜卜"跳,急急地说:"又不识字,又摸不透脾气,这怎么成呢?"

"嗨!好小子!你才识了几个大字?就嫌人家不识字啦!"老头儿又换了口气说:"那么咱们父儿俩商量着办行不?你嫌人家年纪大,给你说个年幼的;你怕人家模样不好,咱俩相跟上到乡下先去相相人——都好办……"

大男说:"不成!我嫌不够条件!"

这句话把老头儿弄得哭笑不得:"什么?条件?你要个什么样的人?你说说!"

大男说:"我知不道!"

坐在大男对面的二男正听得有趣,这时候,他就插了一句嘴:"我知道!我哥哥想和……"

大男咬着牙,狠狠地瞪了他几眼,他伸了伸舌头,又把话缩回去了。

时间快到一点了!老头儿站起来,对大男说:"先睡吧!好好思谋思谋,赶明再商量,听爹的话没差!"他一面说着一面就回西屋去了。

这时候,大男忽然发现窗户外面有一个人在偷听他们说话,出去一看:原来是马小花……

六、试探

第二天早上,当小花和大男一块上工厂去的时候,路上,小花先说:"昨天晚上,你的态度可不好呵!"

大男说:"你没看见我爹那顽固劲儿,要是真这样,我还得了?"

那知道小花反倒劝起他来:"你娘瘫在炕上,连解手也不方便,你爹又快上工了!你得体谅老人家的苦心,说真话,你也真该有个人儿了!"并且她还说什么:乡下人不乡下人,识字不识字……都是次要的,只要思想好,模样看得过去,先了解了解,也没有什么不可以的。

114

大男听着小花的话，觉着浑身发冷，他的一颗跳跃着的心，象从"罗斯福路天津百货公司"七层楼的屋顶，直掉到柏油马路上——摔得粉碎！他赶忙扭过头去，可早叫小花瞅见啦，她柔声的说："怎么？你哭啦！"

　　大男一动也不动的两眼盯着流水说："小花！我宁愿死……"

　　小花吃惊地说："怎么你的命那样不值钱？你不是个青年团员吗？你不要共产主义社会了？"

　　大男说："不，我这是打比方！"

　　小花叹了口气："……唉，现时虽说是解放了！可是在这些事情上，不光是你，就说陈玉珍、李宝才他们吧，也一样感到痛苦！"

　　大男急忙地问："你呢？"

　　小花说："我还不是一样，你说我娘吧，比你爹更糊涂！你说不依她吧，又说不过去，——我八岁上就没了爹，她一把屎一把尿地拉扯我到如今！依她吧，那我又怎么办呢？"

　　大男坚决地说："这是我们自己的事！我主张斗争！日子长了，老人们的脑筋也会改变的！"他说着，忽然又想起那个又前进又能干又漂亮的李宝才来，心里就又腻了。……

　　这时候，他俩已经走到工厂门口。

七、逃婚

　　老头儿见大男那样坚决，他知道他小子那牛脾气，所以对这婚事也就冷下来了。他对旁人说：这会儿的年轻人的心思，咱们吃不透，正好和咱们翻个过儿——由他去吧！

　　那天正好是星期天，老头儿又对大男提起这事儿来了！开口就说："这一下你该死了心啦！"说得大男懵头转向，就问道："您老说嘛？"老头儿说："你心上的那人儿有了主啦！她娘把她说给小刘庄上恒玉粮店的掌柜了！已经收下聘礼了！"

大男一听，急得他自己就先露了馅儿："你说是小花吗？"话已经说出来了，他又觉得有点不好意思，可也收不回来啦，于是也就坦然了。

老头儿点了点头。

大男说："你说恒玉粮店的大掌柜还是小掌柜？"老头说："当然是大掌柜啰！"大男说："那怎么行？他小子也和二男一般大了，又是一脸麻子！"老头儿说："象恒玉粮店那家势，要不是娶填房，怎么会娶一个工人当媳妇呢——两凑合呗！"大男说："小花怎么就依了？"老头儿叹了口气："唉！谁象你呵！老人说的话一句也不听！"

待老头儿走开了，大男赶紧让二男把小花叫到海河沿岸去，说有紧要事要对她说。

…………

大男对小花一说，果真不假，小花还蒙在鼓里呢。

小花问她娘这是怎么回事儿？她娘说："迟早你会知道的！给你寻下那好人家，你还会不乐意吗？"

就在第二天，小花不见了！

这可把小花她娘急坏啦！问大男，大男摇摇头："谁知道哩！"她娘就到厂里去找，到了"传达室"里，"传达"说："那么个大厂子，五六千号人上那里去找呵！"她娘说："她叫马小花，梳着两条小辫儿，细高个儿，双眼皮儿，笑的时候脸颊上有两个小酒窝……"传达说："您可把我也说糊涂了！说得再仔细一点，那怕你给我一个她的像片，我也找不着呵！光是叫小花那名儿的起码有五十个，梳小辫儿的那更多啦！"

最后，小花她娘找到她表姐家里，找到了她的姨外甥女陈玉珍。陈玉珍对她说了实话：人是没有丢，这几天她仍然在厂里做工，晚上和旁的女工们在厂里女独身宿舍住。要她回来也好办，只要把恒玉家粮店的聘礼送回去就行……

陈玉珍又好劝了小花她娘一阵子，小花她娘算是勉勉强强地允许了。

星期六的晚上，陈玉珍把马小花送回家来了。小花她娘见女儿回来，就放声大哭，小花也就放声哭倒在她娘的怀里了。

陈玉珍坐在一旁，不住地擦眼泪，说："还哭嘛呵！聘礼已经送回去了，人也回来了！算了吧！"

小花她娘哽咽着说："玉珍！我不是不疼小花！我是想她爹也是个工人，我娘儿俩受了一辈子的苦！要不我才想给她说个有钱的婆家，让她不再落到我这田地！"

陈玉珍说："嗳！姨！您老人家想差啦！如今的世道变了，往后咱们工人阶级也不会成年过着那泪'就'饭饭'就'泪的日子啦！将来，连整个世界也都是咱们的！"

小花她娘似懂非懂地点了点头，说；"要不我也死了心啦，由她去吧！她爱怎么就怎么着！"

八、定情

说话就到了冬天，海河沿岸已下了头场雪。

星期天，马小花穿着花旗袍，外边套着绒外套，穿着皮靴，小辫上结了两条红缎带，从她姨家走亲回来，还没有进自己的家门，倒是先找到大男的屋里去了。大男一个人正在做算术题。

小花一进屋里，对大男说："报告你一个好消息！"

"噢！我昨天就知道了——解放重庆！"大男说。

"我说的是另外一个好消息！"

"嘛消息？"

小花说："你猜猜！"说着就在大男的旁边坐下了。

大男说："我猜不着！你说吧！"

小花说："对你说了吧！咱们的小组长李宝才和……嗨！这可不对

你说了——自由订婚了！"

大男一听"李宝才"这三个字，一看小花今天那打扮，左想右想，脸上红一阵白一阵，说不出一句话来！

小花就说："对你说了吧——和我表姐陈玉珍！"

大男高兴得从椅子上跳起来，喝采似的大喊道："好呵——嗳！早先怎么谁也不知道呢？"

小花说："那又不是唱戏，敲锣打鼓的！只要两个对了眼，有了意就成啦！"

大男说："他两家的大人都同意吗？"

"嗨！怎么会同意呢？开头也是哭呵嚷呵！死呵活呵……整闹腾了半个月！后来，两家的大人也想开了！今天我姨看着李宝才的像片，也是欢喜得着急！"

张大男闭着眼睛，抬着头，不知道在转些什么念头！他觉得他今天太高兴了！仿佛从小到现在，从来没有象今天那样高兴过！半天，他突然睁大了眼说："我早看出点苗头来了！你记得吗？上星期，你，我和我弟弟上'大光明'去看'青年近卫军'，不是碰见他俩了吗？嗨！李宝才这人真鬼，他怕人见了说闲话，还带着他兄弟去摆样呢！"

小花在他的话里，不知道听出了些什么旁的意思来了，脸"刷"地红啦！低下了头捻着她那光滑的小辫……

他俩说着说着又说到婚姻问题上去了。小花说："你将来要自由一个什么样的人儿？"

大男说："第一：也是个工人；第二：常在一块儿的；第三：她了解我；第四：在生产上、政治上、学习上能互相帮助的；第五：文化水准也跟我差不离；还有：她也是一个青年团员！你呢？你要找一个什么样儿的？"

小花笑了笑："条件和你差不多，可是现在还谈不到！再等三五年，也不晚。趁这时候，在政治上、生产技术上、文化上好好提高一步，准备建设新中国！"

大男说："我完全同意你的意见！我也想再等几年！我，我，我……"他红着脸"我"不出下文来，最后，他突然紧握着小花的那微温的手，压低了嗓音说："我，我等着你！"

小花的脸也红了！怪臊的扭过头去，手还是让大男握着，两腿象钟摆似的摇摆着……

正在这时候，大男他爹从街上兴致勃勃地回家来，因为新厂已经建立，他已经报了到了！他正想去告诉大男，一进那屋，就看见西屋里大男和小花的那情景，赶忙蹑手蹑脚地退回到院里来，脸上怪臊的含着微笑，轻声地自言自语地说："这些年轻人！"

这时候，忽听得对面屋里，小花她娘隔着个院子喊道："小花！包子熟了！你让大男也过来尝尝吧！"

一九四九年十二月，
写于天津海河之滨

爱 情

去年五月，我才出学校的门，就到北京的一个杂志社里来工作。直接领导我工作的，是一个老干部，他叫李吉。他的眉梢上有一条狭长的伤痕，笑的时候，那伤痕就宽大了，象一条小鱼似的闪着光。在我看来，他各方面都很好，就只有一个缺点：有点不懂人情。

我有一个爱人在通州当教员。有一次，她给我来了一封信，说：她有点小病，很想我……我就想去看她一次。于是我就向李吉同志去请假。他正在审稿，头也不抬地对我说：

"嗯？什么？谁？病了？"

我说："我的爱人。"

他说："发了这一期的稿再说吧！"

我说："她一向身体就很弱！"

他说："是吗？先写封信去安慰安慰，好不好？"

我就站在一旁，准备等他看完了稿子再说。半天，他才发现我还没有走，就说：

"就这样吧！忙完了这一期再说！"

正在这时候，电话铃响了，他就去接电话。放下电话，抓起帽子，往头上一按，对我说："我到总编室开会去！嗯嗯，就这样吧。"说着，就走了。

我想：这位李吉同志，实在有点不懂人情。我疑心：他三十左右的人了，至今还找不到爱人，恐怕和他这种特殊的性格是分不开的！有一次，我故意问他：

"你怎么不找爱人？"

他的脸微微地红了，显然有点窘！他"丝丝"地吸了一口气，说："你看我那里有时间？不成不成！有了时间再说！"

他摸了摸下巴上的几根稀疏的小胡子，笑道：

"你看，女孩子会爱我吗？"

我说："会爱你的！只要你……"他一听就"哈哈……"爽朗地笑了。

快过年的时候，我准备到通州去看我的爱人。几天前，我已经向李吉同志提起过这事，他说：到时候再考虑。所以，这天晚上，我又去请假了。他正在看清样。他说：

"有事吗？先坐下，让我看完……"

那时，他正害眼病。所以戴着一副茶色养目镜，俯着身体，口中念念有词，一动也不动地看着。那吃力的样子，象一个生物学家在显微镜下检验生物一样。我突然发现在他桌上的玻璃板底下，新增加了一张褪了色的照片：一男一女。仔细一看，那男的正是他！我就问：

"那来的照片？"

可是，他没答理，大概没听清。直到他把清样看完，抬头对我说："这次你校得大有进步！只错了两个标点！"这时，我的注意力全在这张照片上了。我说："那女的是谁？"

他说："什么？"

我说："你那照片！"

他说："噢！这是我的爱人！才让家里寄来的。"

我说："噢！……"

他说："不！她已经死了！"

我说："什么？"

他说："我给你谈：这件事，也许对你有点启发！"

接着，他就给我说了他过去的一段经历：

她叫石婴，在高小上学的时候，就和我同学，一直到高中毕业。抗战以后，我们到了敌后抗日民主根据地——晋察冀边区工作。不久，我到了一个游击兵团的连队里当文化教员。她呢，在雁门关以北的农村里做群众工作。每当战争的空隙，我常常想念她，逢这时候，我就写信，遥寄我那苦恋的心。那时，环境很残酷，交通不便，情书一封一封地寄出去，从无回音。可是我还是写，我想总有一次，她会接到我的信的。后来，我也明知道是失望了！可是，我还是写，写好了就装在挎包里，一投入了战斗，又全烧光了，接着又写又烧……

哪知道别后六七年间，始终得不到她的片纸只字。

以后几年，环境更残酷了，我们的部队一部分化整为零，加强地方武装，分散活动。我恰好被派到雁北一个县游击队里去工作——在这以前，我早已是连队的政治指导员了。

我到了雁北。决定先到我爱人工作的那个县里去打听打听，路过石人村——当年我俩就在这村里分手的，恰好天气也晚了，我就下了马，顺便到从前那个老房东家里去望望。

当我到了房东的院里，那知道房子已经烧光，但见在一片瓦砾的中间，用石头垒着一个棚棚，棚上正冒着炊烟。我推开了玉茭秸编成的棚棚门。

"谁呵？"里面出来的人，正是我要找的房东老太太。她把我拉到院外的夕阳光里，偏弯着头，向我看了又看，就失声嚷道：

"啊啊啊啊！老天！是你呵！你怎么到这时候才回来呵？"她说着，又把我拉进棚里，让我脱鞋、上炕……她自己又坐到灶火的前面，抬着头，没言语。

我赶忙问道：

"石婴同志呢？她还在这儿不？"

我这一问，把她问傻了！她半张着嘴，不一会，但见她那眼窝里，"扑索索"地挂下了两串眼泪。

她说："你回来得太迟了！"

我"嘭"地就跳到炕下，说：

"什么？"

她说："你别着慌，先上炕！我说给你听……"

我的心"卜卜"乱跳，不觉光着脚就走到她的跟前。

她说："她，她已经死了……"

我象是头上叫人打了一闷棍似的，无力地回到炕上，象一棵大树似的倒下了！

只听得她嗡嗡地说：

"嗳！可是个好闺女哩，咱村里人，到这会儿，谁提到她，谁就掉泪……"

"……你走后，她可学会做活了！有一次让我给她铰了个鞋样——有一尺长。我问她：'谁那么大的脚？'她光抿着嘴儿笑，不言声。我知道她是给你做鞋哩！你看她多结记着你，谁象你，一走，就把人家撩下不管了！"

我听着，胸口象叫什么堵住了似的。伏在铺盖上，"呜呜"地哭了。

她说："别哭了！她死得体面……"

她说："三年前的冬天，有一天早上，正下着大雪，日本人把村子包围了。没跑了的人，全被圈到一个大场里。石婴恰好在这村下乡，也被撑到场里。

"日本人挨着个儿地看老百姓的手，看到石婴的手指上有一点蓝墨水，就认定她是干部，要把她逮走。

"可是她说：'我不走。'

"最后，还是叫日本人拖着拉着地逮走了！

"出了这事以后，连接又下了三天三宿的大雪。雁门关外的风雪是很大的，积雪足有三寸厚了。

"正当冰雪消溶的时候,在这村的南坡跟前,在那冰雪堆里,露出了一个血窟窿。里面有一个光身露体的尸首,那是石婴。她没有走!在那两条胳膊上面还可以看到她挣扎的痕迹——满是敌人用爪子抓破了的伤痕,在她的锁骨之间被穿了一个窟窿,穿着一条又粗又长的绳子。"

那老太太说到这里,两眼睁得极大,动也不动地看着我说:"杀死石婴的凶手,这会儿还没走,就在白石堡的炮楼上。"

我就问那老太太说:"她的坟在哪里?"

她说:"就在南坡根前的乱葬岗上。那几次叫日本人杀死的,全埋在那里了。——今天晚了,明天你再去上坟吧!"

可是,我没等到天明,趁着那夜月色正好,我到南坡根前。那地方正是六七年前我和她散步的去处。

我记得,当我离开她的前一天晚上,在这儿,我俩默默无言地一直坐到深夜。最后,我说:"不知什么时候我们才能再见?"

她说:"那怕我等待你三十年!"那晚,我们踏着枯草归来,鞋潮湿了,才知道已经下了露水,时间该是将近黎明了吧。那知道这却成了我俩永别的一个晚上。

那南坡根前,原是一片空地,可是,现在坟一个挨着一个,连脚也插不下了。每一座坟前都没有墓碑,却都插着一块木牌子。一眼望去:一块一块,正象是秋收以后的高粱地里留下的高粱楂子,密密层层一大片。我竭力想找见哪座坟里埋的是她,可是,哪一块木牌子上的字迹,也都为风雨所消融,模糊得看不清了!我在那坟地里徘徊了好久,到底也没有找到她的坟!

第二天,天还没有亮。我沿着滹沱河,回去了。一路上,只听得那滹沱河的激流"哗哗哗哗"地冲激着冰块的声音。

我们决定要进攻白石堡敌人的炮楼,可是没有重武器。于是就发动当地的群众和一部分战士挖坑道,准备用炸药爆炸。

挖坑道的工程开始了。我原以为大约有一天一晚的工夫就可以完成的。所以心里很激昂在屋子里走来走去，坐立不安；以至饭都吃不下去了。我想：复仇的日子到了！

那知道整挖到第二天鸡叫，还没点苗头，我自己就下了坑道。爬不了多远，就到了尽头。人们有的趴着，有的蹲着，有的躺着……正在休息。我一见心里就急了，就向领导挖坑道的一个排长说：

"怎么搞的？不挖了！"他说："石头太多，不好挖！"

我说："是铁也得挖！限今天天黑以前完成！"

他说："怕是不成，是不是可以……"我说："住嘴！这是命令！"

那排长就紧了紧裤带，在手心里吐了一口唾沫，拿起洋镐，招呼在一旁休息着的战士和老百姓，嚷道："挖！"人们就又七手八脚地挖开了！

到了半后晌，那排长来见我，象是一个没有上彩的泥人似的，连耳朵里，眉目上……都是土。他张着两手，指头肿得有胡萝卜粗，手心里一大片破了的水泡，流着血，两眼发木。

我说："快成了吧！"

他说："还差远哩！我想……"

他这一说，真把我急坏了！要是走漏了消息，敌人出动了，怎么办？所以我没等他把话说完，就一挥手说：

"走走走！完不成任务，再也不用见我！"他"啪"地打了个立正，转身走了。

我的命令果真生了效，——你看：这些战士多么可爱！到了上灯以后，约摸过了抽两袋烟的工夫！有一个青年战士，跑步来见我，在门外就说："报告！成功了！"

我高兴得几乎和疯了一样。立即召集班长以上的干部会议，布置战斗，传达进攻命令！立即又到了坑道，爬了好长的一节道才到了尽头，伸手一摸四面都是石头，明明是挖到炮楼的基石了。

当一切安排定当，我坐下来略作休息。这时候不知为什么，心一收缩，我又流泪了！马上就把我全部文件、衣服、和几个零用钱一切私人的东西包成一个小包。并且写了几句话："要是我在这一次战斗中不幸牺牲,请把我的尸体也埋在石人村南坡根的乱葬岗上……"我把这信也就包在这包里,交给了文书。——因为即便是胜利的战斗,伤亡也是难免的,何况这一次更不相同。我就跑到院里,战士们已经排好了队,等我讲话。他们白天已经睡足了觉,所以一个一个精神饱满,毫无惧色,每一把刺刀却早已磨得又明又亮,我心里充满着感激。

我讲完了话,就进行了战斗的布署。仰望天空:满天星斗,一钩下弦月正挂在那枯秃的树梢上。

当爆破手爬到我的单身"掩体"里,悄悄地说:"报告!一切都准备好了!"的时候,我忽然觉得我全身的筋脉都鼓起来了,太阳穴直发跳……我眼望着前面敌人的炮楼上的枪眼里闪出来的灯光,听着时而隐约地传来哗笑声,那里正住着杀死我爱人的人——他们用刺刀穿透了她的肩胛骨,并且在她的肉里穿进了一条又粗又长的绳子,一群敌人拔河似的死命地拉着她走,……我仿佛看到石婴满身是血,挣扎着瘦弱的肢体……那时,我的心情,我不说,你也一定会想象得到的!要是那时有一面镜子,我想我一定会看见在我的眼睛里熊熊地冒着火焰!

我默默地:"一、二、三、四……"地数着,数的速度也不觉加快了,我脱下了棉衣——毫不觉冷。我举着张着嘴的驳壳枪……才数到三十……

突然"轰!轰!轰轰轰轰……"山崩地裂的一声响!正所谓是飞砂走石,惊动得临近的树林里的宿鸟,全飞到天空"呱呱"乱叫。连那天上的星星和月亮,也震动得好象要掉下来,枯树上的积雪落了我一身……顷刻之间,眼前是一片烟雾,隐约地听到炮楼倒塌的声音……我对司号员说:

"吹吹吹吹——冲锋号!"

我自己就跳出了"掩体"。

但见我的战士们,挺着雪亮的刺刀,齐声嚷着:"呀……呀……"

冒着浓烟，向炮楼的方向冲出去了！我想，我立刻要看到杀死我爱人的人，一个一个马上就会在我的面前倒下，我要喝他们的血，我要砸碎他们的脑壳！

但是，当那烟消雾散的一霎那间，我疑心我的眼睛不管用了：怎么敌人的炮楼，依然是完整无缺，依然巍然地高耸在那里！

离炮楼不远的地方，却炸了黑洞洞的一个好大的坑，象一只垂死的眼睛，无望地对着那闪烁着星星的夜空。

而炮楼上的机枪，已经"嘎，嘎，嘎嘎嘎嘎"响开了！成群的敌人已经冲出了炮楼。

这时候，我就举着驳壳枪嚷道："冲呵！"我自己也就冲了出去！

突然，一团热气塞住了我的胸口，我的手脚一软……我失掉了知觉。

李吉同志说到这里，忽然停顿了。屋子里静得能听见院里枯枝上的积雪"悉索悉索"掉下地来的声音……

我也不觉失声叫道：

"呵！说说说！你怎么啦？"

他接着说：

"当我醒来的时候，发觉我正躺在后方医院的床上。只听见有人低声地说'醒了！'我想坐起来，才一动，胸口痛得象叫什么咬了一口似的。又听得有人说话了：'别动！别动！好好儿的躺着！'我才知道我受了重伤！

"我在养伤期间，县大队的王政委来看我，说，我那连队伤亡不轻，问我怎么搞的？那么冒失？让我好好检讨一下。

"我前前后后地想了一下，我觉得我犯了罪了！我想五六年来，和我朝夕相处的战友，在战争中牺牲了的，连他们的名字我也记不全了！可是，他们都是曾经和我共生死同患难，都是最亲密的阶级弟兄——他们也都是有父母有爱人的人呵！他们的牺牲，果然更加坚定了我斗争的决心，鼓舞我前进，但是，从来没有象这一次：我爱人的死，所

127

给我的如此重大的刺激，以至弄得昏头昏脑，感情代替政策，使革命遭受了损失！虽然，我这种感情穿着革命的外衣，复仇、杀敌、英勇牺牲——那一样要不得？但正因为如此，给革命的损害也更大。我发觉在我的感情里边，有着严重的个人主义毒素。是小资产阶级的感情。这并不是一天两天的事了，但是我纵容了自己，没有及时清除，以致严重到这个地步。"

李吉同志说到这里，两眼看了我半天才说："你现在不是正在恋爱吗？组织上并不阻止你！人嘛，总是需要爱情的！可是，就有一点：你要是为了恋爱影响了工作，妨碍了我们的事业，那么，就要批评你！因为这不过是爱情！你想想我们整个阶级的事业比起个人的爱情来，何轻？何重？这简直不能比拟！这也就是我们无产阶级的道德。为什么？你明白了吗？"

"我的故事还没有完呢？——自从我发觉了我的错误以后，我日夜不安，那心情，比起我痛心我爱人的牺牲来，更要难受。我就向支队政治处写了一个报告：请求处分。

"我伤好以后，到县政治处去找王政委请求处分。他说：'处分？按你的错误，是很严重的。但组织上考虑到你初次犯错误，同时，你坦白诚恳地作了检讨，承认了错误。所以决定减轻你的处分。'

"我说：'我愿意接受比较严重的处分！'他说：'什么？你对处分怎么有那么大的兴趣！你以为你受了处分，就可以减轻你的不安？就可以减轻你的责任？就可以轻松了？同志！你想错了！处分是为了教育你，把你改造得坚强。承认错误，也仅仅是一个改造的开始。直要到你把你的思想、感情……锻炼得完全没有个人主义的成分。'我说：'我一定能够在今后的战斗生活中，完全证明我对党的忠心！'他说：'不过，据医生的报告，你流血过多，已经不适合做部队工作了。'我感到我失却了考验的机会，我流泪了！从那时候起，我就做地方工作了，到现在，我偶有对工作不安的时候，我就想起主任的话来，我就马上变得安心了！"

他说到这里，忽然又想起了什么似的。他又说：

"前年吧！我又过石人村，又到了南坡根上的坟地里。那时的心情就不同了。我没有再想去找那一个坟是我爱人的，仿佛这一片所有埋着先烈的坟墓里，埋着我的爱人。……"

那一晚，我听了李吉同志的这段经历以后，回来怎么也睡不着了。我仔细地想了想，这些日子以来，为了爱情，我总不能集中精神来从事工作和学习，常常使我有点困惑。我总习惯地原谅自己，没有把爱情放在一个适当的地位。听了李吉同志的话，我的心里腾然一亮，也因而使我了解到什么是幸福。我应该有所改变。

一九五〇年二月在北京。

小兰和她的伙伴

—— 齐村人物志之一

红旗手

这年春天，过了谷雨，也没下头场雨，抗旱成了压倒一切的中心任务。这天晚上，齐村第四生产小队里选红旗手，表扬抗旱斗争里的积极分子。炕上炕下都是人，挤得没有插脚的地方，大伙儿提了候选人，正要表决，一个叫引弟的女孩子，猛地从炕上立起来，说：

"慢着！我提一个，把牛继兰添上！"

大伙儿一楞，七嘴八舌地说：

"哪个牛继兰？"

"咱们队里谁家姓牛呵？"

"甭管姓牛姓马吧！到前边来让俺们瞧瞧！"

说这话的人，是个十七八岁的小伙儿，叫小多，欢眉大眼，一表人材，光膀儿穿件大红背心，背心上印着"一中"两个火黄的艺术字儿。

队长说："连你都不认识牛继兰？"

引弟"嗨嗨嗨嗨"地笑了一阵，对小多说：

"我给你介绍介绍！"

"咚"的一声，她从炕上跳下来，差点儿没踩在人身上。她推着搡着，扳开人们肩膀，大步跨过去，一直钻到炕头起，双手抓住那个叫牛继兰的女孩子手脖儿，一边儿往外拉，一边儿嚷："别在背灯影里藏着了，出来叫他们瞧瞧！"

那个女孩子抬了抬眼皮，悄悄儿地不知道说了句什么，轻轻把引弟推开。引弟还是不松手，扭脸冲着小多嚷起来：

"喂喂！大学生！瞧清楚了没有？"

小多瞧了一眼，突然满脸通红，心里"冬冬"直跳，忙把脸儿扭到一边。原来这个叫牛继兰的女孩子，是他老同学，从高小到初中都在一起。上初中时候，她一直是班里的团支委兼学生会主席，又是"三好"学生，是小多最最佩服的一个同学。她初中毕业以后，回家参加了农业生产，小多上了高中。其间，小多还给她写过几回信，可是第二回去信，信皮上写着"拒收"两个字，给退回来了……她是河西村人，什么时候来齐村的？怎么一点儿也不知道……小多忙定了定神儿，一板正经地问队长：

"那你介绍介绍人家牛继兰同志的模范事迹吧！"

队长只顾"吧嗒吧嗒"抽烟，不知道该怎么介绍好。

牛继兰是本队周洛宾的外孙女儿。大伙儿只知道她叫小兰。牛继兰是她的学名儿。这个月的月初，她娘打发她来侍候她老爷，就在齐村落户了。她来齐村第一天，就参加推水车，到今天快一个月了。她平时轻易不说话，更不爱串门儿，开会的时候，老坐在旮旯里。有她这个人象没她这个人一样。要是今晚引弟不提她，队长差点儿忘了还有她这个人哩！这会儿，小多要他介绍小兰的模范事迹，他一时真不知道该怎么介绍好。引弟见队长老抽烟不吭声，伸手夺了队长手里的烟袋，向小多一指，绷着脸说：

"大学生！你听着！我给你介绍！人家牛继兰同志一到她老爷家，

131

屁股没挨着板凳，没喘一口气儿，就推水车，到今儿足足推了二十天，没扯过一回皮，没喊过一声苦，人家也是知识分子儿，一点儿也不特殊！踏踏实实，安心生产；不象没皮没脸的人们，三天打鱼，两天晒网！"

这明明是指着和尚骂秃驴，小多越听越不耐烦，脖儿一弯，问："还有补充的吗？"

队长说："这就不错！谁和她一样，下回选红旗手，我也投她一票！"

小多掉过身去，再也不吭声儿。接着，队长分配明天的活儿。想不到小多竟然自报奋勇要推水车，还非得要和小兰、引弟在一组。这可把队长难住了，不允不好，允了更头痛。

原来小多、引弟这两孩子，都忒任性。引弟是老生闺女，她有六个姐姐。引弟娘五十岁上生的引弟，眼看着再"引"不出个"弟弟"来了，老两口就按照炮制小子的法儿来炮制这闺女。直到引弟上了高小，还留平头，穿对襟袄，摔跤，翻胳膊腕子……比真小子还邪火，没半点女儿气，一不随心，真敢上房揭瓦。十人见了九个摇头，只有一宗事叫人佩服，在做活上头，她可真不含糊，如今十七岁，亚赛大小伙子，五六十斤的粮食口袋提溜在手里，轻巧得象提溜着个枕头。

小多更任性，他光有爷爷奶奶。他爷爷十八岁上当了爹。三十六岁抱上了孙子。没料到孙子还没出壳，就死了儿子，孙子刚满月，儿媳又去世了。这个孙子就成了这老两口的宝贝疙瘩。特意给他起了个不吉利的名字，叫"多余"，脖子里给他套了把长命百岁锁，头顶上给他留了根胎毛编成的冲天辫儿，要不是他自己动手剪掉，没准儿这会儿还留在头上。他自幼上学，一直到高中二年级。有一回，他练习攀杠子，失手脱了肩胛骨。他爷爷立时把他接回来，再不让他上学。他在家只养了半年，待得实在腻烦了，就到队里劳动，高兴了，猛干一阵，一不高兴，甩打甩打走了，老天爷拿他也没法儿治。

引弟和小多，不知道在什么时候结成的冤家，引弟总觉得小多忒娇，不象个小子，小多总觉得引弟忒野，不象个姑娘。两个到了一起，动不动就抬杠，抬上三天三夜，也不觉累，如今这两个人固定在一辆水车上干活，怎么叫人放心！？

"好，咱们实行民主！"队长皱皱眉头，问小兰，"小多自愿和你一组，你这个组长有什么意见？"

引弟忙用胳膊肘揉小兰，意思很明白：不要他！小兰装作不知道，瞧瞧小多，说：

"欢迎！"

引弟牙一咬，冷不防在小兰腰里捅了一拳头，扭身跑掉了。

散了会，小兰正回家走，引弟"哇"的一声打背旮旯里蹦出来，搂住小兰脖子，说：

"兰，说正经的，敢情你不知道，小多可是个琉璃球……"

"我知道。"小兰说。

"他不是真心爱推水车，他是赌气儿。"

"我知道。"

"可别叫他一块臭肉坏了满锅汤！"

"我知道。"

"'我知道我知道'！你什么都知道，为什么队长问你要不要小多，你还'欢迎'呢？！"

"前天，我瞧了他的入团申请书。"

"那管什么用？"

"什么？"小兰眼睛瞪得滚圆，惊奇地瞧着引弟，压低嗓音说，"引弟，我不是说你，这话可不敢当着群众乱说呵！"

"这怕什么！"

"人家要求入团，就是要求学好，要求上进，咱们没有权力在人家头上泼凉水！"

引弟吭哧了半天，说："好好好，就看你这个新上任的团支委三把火吧！"

五月庙

说来也奇,自从小多和引弟搭配在一辆水车上,不光风平浪静,还天天超额完成任务,终于夺得了流动红旗,这面红旗,由小多保管。每天一上工,他就把红旗挂在井边的杨树上。

说话到了"五月庙",庙会共有十五天,城里药王庙前,脸对脸地搭起两座戏台。保定来的梆子,本县的老调,一天两开箱,大街两旁,搭严了席帐,整整摆了一里长,上至绸缎,下至葱蒜,买什么有什么。在这个县里,除了过年,"五月庙"就算是个最重要的节日,不论老少,哪年没上"五月庙",心里得嘀咕一年。今年面临抗旱,会期改为七天,人们赶庙的心,更盛了。队里请假上庙的人很多,独有小兰他们这个推水车小组,不动声色,谁也没向队长开口。这几天,队长一见小兰,就说:"你们小组真该表扬表扬!"小兰一听这话,不知道为什么,总是显得很紧张。

这天傍黑,小兰正吃饭,引弟一溜小跑进了院子,一边儿喘气,一边儿说:

"坏了坏了!我早说,别叫他一块臭肉坏了满锅汤!你还'欢迎'呢!好!这回咱组的红旗乖乖地给人家送走吧!"

小兰叫说糊涂了,忙问怎么回事。

引弟说:"小多明儿要上庙!"

小兰一惊,问:"你怎么知道?"

引弟说:"你别问,反正我知道!"

小兰叹口气,说:"我当是他能坚持下来的,怎么变卦了呢?!"

引弟说:"嗨,你瞧,这几天,连咱组的红旗他都懒得往树上挂了,人在井上,魂儿早上了庙啦。"

正在这当儿，小多他奶奶来了。引弟接二连三地给小兰递眼色，小兰只当没见，端了个蒲团让小多奶奶坐下，向小多奶奶说：

"奶奶有事吗？"

"芝麻粒儿大的事儿。明儿我要小多儿跟我就伴上庙去，跟组长请假来了……"

"办不到！"引弟抢着说，"俺们推水车小组，是在抗旱斗争最前线，不下雨，不收兵！"

"真是一个师傅教出来的，和俺小多说的一字儿不差！"小多奶奶嘴一撇裂，"我给俺小多出了个主意，对他说，明儿你先上庙，后儿多推会儿水车，一盘顶到底，让旁人腾出手来上上庙。俺小多说：这倒行，赶庙抗旱两不误。兰，你说呢？"

小兰还没开口，引弟说：

"我说不行！俺们没上庙的瘾！"

小多奶奶忍不住了，冲着引弟说：

"你不说话，我还不知道有个你哩！我和组长说话，你别打岔好不好？"

小兰忙说："奶奶，这样吧：一会儿我和小多合计合计！"

"那是我的主意，没他的事。行不行？一句话！你可不敢找他。"小多奶奶头一扬，说，"兰，你要是不敢做主，我去找队长。"

引弟说："找县长也白搭！他同意了，还有俺们哩！"

小多奶奶屁股上象安着弹簧似的，猛地站起来，走了，撇撇嘴，说：

"去定了。说什么明儿也得让俺小多上庙！"

她走到门口一下刹住了"车"，回过头来说：

"小兰,咱先说清楚,不是俺小多眼里没你这个组长,你可不敢批他！"

引弟扯着小兰立时要去找小多，小兰说：

"我考虑考虑。"

"这也值得考虑？"引弟说，"你这毛病老没改！"

小兰没回答。要是考虑问题也算是一种毛病的话，那么，这毛病

135

小兰早就有了。小兰的爸爸妈妈,在抗日的时候,就当村干部,一直当到现在。小兰自打记事起,常常看到爸爸妈妈为了革命工作,起三更摸半夜;为了革命工作,焦虑、不安。爸爸妈妈常常谈论的,倒不是家务事,多半是怎样把工作做好,怎样为人民服务……这使得小兰从小就懂得了"考虑"这两个字的含义。小兰自己,自打入了少先队以后,也当了干部:从小队长一直当到大队长。加入共青团以后,当了团小组长、团支委,现在是齐村团支部宣传委员,又当了推水车小组组长。前前后后已经当了上十年的干部了。在工作里边,她越来越感觉到,要把工作做好,是很不易的,不光要吃苦耐劳,还得多费脑子,事情不在大小,都要好好考虑。

小兰还在考虑,引弟早不耐烦了,拽她去找小多。小兰说:
"我考虑还是不找他好!"
"为什么?"
"你看,他自己不露面,让他奶奶来请假,可见他心里虚。咱不是把话都对他奶奶说了吗?他会考虑的。咱再找他去,合适吗?"
"好好好,反正丢了红旗,我不负责!"引弟嘴一撇,甩打甩打地走了。

表扬

第二天一早,小兰集合人去推水车,小多真的没来。引弟去找小多,老远就见小多奶奶穿着出门衣裳,站在门口发楞。引弟忙大声喊起来:"奶奶,小多呢?"

小多奶奶说了声"不知道",屁股一扭,进了院子。引弟正要走,忽听得小多奶奶破锣般的嗓子敲打起来:

"小兔崽子!早知道你是软蛋稀泥,我才不舍着脸皮去请假哩,倒叫我碰一鼻子灰。男子汉大丈夫,敢想敢干!他娘的,你还不如个黄毛丫头哩！你奶奶说上一万句，还不如人家放个屁！嗨，你日后娶了媳妇儿，准也是个顶灯的货！"

引弟笑了一路跑回来。小兰忙问：

"小多到底上庙了没有？"

引弟说："没。"

"人呢？"

"不知道！"

引弟和小兰出了村，迎面吹来一阵风，麦田里掀起阵阵绿色的波涛，前推后涌，滚滚而去，直伸展到天的尽头。风起处，麦田里露出一座座机井房，象是停泊在海边的船。水声潺潺，机声抗抗，似乎马上要远航了。

突然见他们井台边的杨树上，飘出了一面小小的红旗，引弟和小兰一溜小跑跑过去，只见小多穿着那件大红背心，光着脚丫子，正"啪蹋啪蹋"推着水车走，嘴儿抿成个"⌒"号，肩膀头上隆起的两团腱子肉，随着"叮叮当"的水车声，有节奏地鼓动着。垅沟里的水，正悄悄地往麦地里流去。

小兰忙问：

"小多，你怎么不等等俺们，一个人就来了？"

"笨鸟先飞呗！"小多严肃地说，"你们看，麦子眼看灌浆啦，少浇一水少一水的损失，咱们要和老天爷见个高低！"

引弟向小兰挤挤眼，和小兰一起上到井台上，两人挨肩儿在头里拉着，小多在后面儿推。

睡了一宵的太阳，憋了个大红脸，从地底下钻出来，透过五色缤纷的云层，喷射出红光万道，眼看又是个大热的天气。道上，上庙的人衔头接尾，穿着鲜亮的衣裳和鞋袜，说说笑笑，正往城里走。小多不由得叹了口气，说：

"我要是县委书记，准得来个强迫命令，立时把庙会停了！"

引弟"噗哧"一声笑，回过头来说：

"今儿我才发现你是个天才！"

"什么天才？"

"演剧的天才。"

"怎么见得？"

"你会装！"

这句话，象颗燃烧弹，扔到小多头上，轰一声，浑身都烧着了！他猛把水车棍儿往上一提，往前飞奔。小兰忙喊他慢走，他跑得更欢了，直到精疲力尽，才撒手。呼哧呼哧跑到井边那两棵杨树下，靠着树干一屁股坐下来。

树顶上有两只喜鹊，翘着尾巴，从这一棵树跳到那棵树上，跳来跳去，"雀雀雀"地叫人不停。小多猛地跳起来，冲着喜鹊骂起来：

"别觉着你会叫，小心掏了你的窝！"

引弟"嗨嗨嗨嗨"笑起来，对小兰说：

"今等着吃牛肉吧！"

小兰问："什么？"

引弟说："牛都叫人吹死啦！"

小兰忙向引弟瞪眼，哪想到早叫小多听见了，只见他往手心里吐了口唾沫，搓搓手，毫不犹豫地爬上树去。

爬到树梢上，小多才发现了难题：原来这个喜鹊窝，搭在两棵树枝交叉的地方，活象个桥头堡垒。伸手还差一大截，试了好几回也够不着。他出溜下树来，又往另一棵树上爬。爬到树梢上，还是够不着。于是他俩腿盘在树枝上，撒开手，仰面朝天，平放下身子，伸手去抓喜鹊窝。这树梢儿只有胳膊粗，经受不了他的体重，满树枝叶乱颤，"哗哗哗哗"响成一片。吓得小兰脸色发白，放下水车棍儿，急急忙忙跑到树下，喊他下来。引弟不紧不慢地说：

"小兰，你嚷嚷什么？有劲儿没处使啦！"

这一下，小多更沉着了，趴在树上歇了会儿，又仰面朝天地放下身子，哪知道手刚刚抓住喜鹊窝，忽听得"咯吱"一声响，树枝折了！

他不慌不忙,象打秋千似的一下悠过来,一手抱住树干,出溜下来。他双手捧着喜鹊窝,走到引弟跟前,一声不吭,端端正正地把喜鹊窝放到引弟脚边。

胜利并没有使小多兴奋。他反倒越想越恼,隐约地觉得,这一个月来的苦战,又前功尽弃了!胸口象堵住块石头似的,怎么也化不开。

晚上,队里开会,队长说,这些日子,有些人早把抗旱扔在脖儿后头了,光想上庙……虽说没有提名,小多心里立时"咚咚咚"地乱跳。哪知道队长说到末了儿,突然提到小多的名字:

"你们看人家小多……"

小多象是腊月里喝冰水,一下凉到心尖,耳朵里"嗡"的一声,手脚都麻了。

"还有引弟……"队长接着说,"莫非他们就不想逛庙吗?可是人家照样一心一意地推水车,天天超额完成任务!他们又为了什么呢?这就是我们常说的:他们有了那集体主义的精神!值得大家学习……"

这是小多参加劳动以来,第一次受表扬。他心里跳得更厉害了,脸一直红到脖子根,悄悄儿地转过身去。可是他又一想,队长所讲的,和他所想的,并没有很大的距离,立时有一种崇高的感情,涌上心头。

"明儿该让他们上庙了!小兰,你这个组长听见了没有?"队长说。

"水车搁给谁呢?"小兰问。

队长说:"我另派人!"

小兰捅捅引弟,引弟头一扭,说:

"我才不去凑那个热闹呢?"

"那么小多去!"小兰说。

小多理直气壮地说:"不下透雨,俺们坚决不收兵!"

小兰为难地对队长说:"他们都不去,叫我这个组长怎么办?"

队长说:"那么你去!"

"我去?"小兰笑笑,"倒是想去,可是我得少数服从多数呵!"

又表扬

小多第二次受表扬,是在秋末冬初。

摘了棉花,拔了棉柴,队长派小多给各户送棉柴。两个老婆婆装车,一个是小多的奶奶,一个是小多的本家婶子。每趟小多赶着空车回来,她俩就问小多一句:"这车给谁家送?"问清楚了才装车。

这一车,轮到给小多家送了。婶子兴冲冲地举起木杈,专挑红花多的棉柴往车上装,一边儿装,一边儿向小多奶奶挤挤眼,说:

"足够你小多絮一条裤腿……"

奶奶眯着眼儿笑,不哼声儿。引起小多的反感,没好气地说:

"奶奶!别忒自私自利了好不好!"

奶奶撇撇嘴,对婶子说:

"听见了没有?挨堆儿装吧,别挑拣了,省得人家反映!"

奶奶嘴上这么说,手里的木杈上可长着眼睛哩,一杈一杈,杈杈插在红花多的棉柴上。

小多压根儿没把这车棉柴往自己家送,急急忙忙一直送到小兰老爷家,心里痛快极了。

这天吃过晚饭,小多到队部去记工,正见小兰胳膊弯里挎着个包袱儿,迎面走来。她走到小多跟前,拍拍包袱,说:

"我记得咱们摘棉花的工夫,摘得还干净呵,怎么棉柴上还剩下这么多的红花?"

小多一愣。

小兰接着说:"叫我老爷好生气!说要找支书去告哩!"

小多忙说:"也不是车车都这样……"

"莫非你是特意给俺家挑的?"小兰瞟了小多一眼,笑笑说,"不会吧……"

小多没回答，忙把话头岔开去，指指小兰胳膊弯里的包袱说：
"这是包什么呵？"
"打那车棉柴上摘下来的红棉花呵！"
"去轧吗？"
"上缴呵！"
"这丁点儿也上缴……"小多觉得说漏了，忙把下半句话咽到肚里。

小兰说："今年棉花欠收，国家正缺这物件，有丁点儿也是宝贝！那回开社员大会，你没听书记说吗？"

小多一下红了脸，幸好天黑了，瞧不大清。他扭身赶回家去，翻箱倒柜，把奶奶打棉柴上摘下来的和打地里拣的棉花，还有去年的存货，一股脑儿打了包袱，提溜上就跑。当奶奶发现了这秘密，跟斗趔趄地追出来，可是已经晚了。

过了几天，在县小报上的"好人好事"栏里，登了篇通讯，说的正是齐村社员争先缴售棉花的事，还表扬了小多，……说他起了带头作用，"点滴归公"，"发扬了共产主义风格"。也提了引弟和旁人的名儿，单单没有提小兰。

表扬会使人兴奋，可是有时候也会使人作难。小多正是这样。他越想越不是滋味儿，头皮都发痒了。他给县小报编辑部写了封信，请求更正。信上说：

……俺村在上缴棉花运动中，最最有风格，最最模范，最最值得表扬的，是团支部宣委、初中毕业生牛继兰同志，不是小多！请更正。

县小报始终没更正，因为这是符合事实的。

征求意见

冬天，公社召开青年知识分子座谈会。齐村的青年知识分子们，

141

推选小多当代表，参加座谈会。引弟越想越不带劲儿，散会出来，忍不住问小兰：

"当真咱村的知识分子就数小多行吗？"

小兰说："那也不是！可是你瞧，他开始不安心生产，现在比过去安心多了；再说他是咱村第一个参加农业生产的高中生，这就有了典型意义啦！"

引弟说："这不成了秃子出家——将就材料啦？"

"那也不是！你总不能说人家劳动不努力吧！"

"我也不否认！可是他为什么努力？依我看，很成问题！多半儿是为了大家说他一声'好'！好争取入团……"

"莫非要人家说'坏'才对吗？"小兰笑笑，"好，你再说说，还有那一小半儿呢？"

"小半儿是为了你！"

"为了我？"小兰忍不住笑起来。

"他奶奶打发媒人到你家去过好几趟了，当真你一点儿也不知道？"

小兰没回答。引弟捂住嘴，笑了一阵，不再问。两个人默默走了一道，分手的时候，小兰才说：

"引弟，刚才那话儿，对我说说没事儿，可不敢当小多面出人家洋相呵！"

第二天，小多到公社去参加座谈会。头次开会，他特意跑来征求小兰的意见。他穿一身新染过的黑棉制服，脖领儿上露着小白领儿，头戴一顶栽绒火车头帽，样子很英俊，神情很严肃。他对小兰说：

"咱俩在一起劳动生产，快一年了，你给我多提点宝贵意见吧！"

小兰说："你自己觉得呢？"

小多说："我自己觉得进步不大，缺点很多。"

小兰笑笑，点点头。那知道这一点头，小多打了个冷颤，眼睫毛一眨一眨，结结巴巴地说："你说得具体点儿。"

他打衣兜里掏出笔记本和钢笔，准备作记录。

小兰说："你劳动应该说是努力的，比方说：推水车；缺点也改得快，比方说，那回赶庙，还有上缴棉花……"

小多一边儿点头，一边儿记笔记。

"你要求进步，努力劳动，改正缺点……这都是很好的，可是到底为了什么？你想过这个问题吗？我觉得……啊哟，该怎么说呵？好象你还缺少一样东西，很重要的东西……我说不上来了！"

小多抬起头来，皱着眉头，瞧着小兰，足足瞧了三分钟，才说：

"你是不是说：我还缺少远大理想和雄心壮志？"

小兰先一楞，眼睛骨碌了几下，猛一下，睁得滚圆，说：

"对了！就是那话！"

小多急忙拿起笔，"刷刷刷"在笔记本上写了一阵，叹口气，说：

"一针见血！还有什么意见？提吧！"

他把笔记本放到衣兜里，迟迟疑疑不想走。

小兰说："有件事儿，我早想问你，怕……"

小多象是喝了口老白干儿，"咚咚咚咚"心跳得好厉害，忙问："什么事？"

"闲事儿，"小兰还是不紧不慢地说，"你奶奶打发媒人到我家去了好几趟，听说都是你出的主意，有这事吗？坦白地说！"

小多脸色立时变得焦黄，既不承认，也不否认，一动不动，象遭了雷劈。

"别着急，八成儿是谣言！"小兰瞧瞧小多，说，"我不信一个要求进步的青年，会那样没皮没脸！再说你小小年纪，怎么不把心思放在正事上，好好克服缺点，追求理想？倒净想些个邪门歪道！"

恐怕这才是那"一针见血"的意见了！在这千分之一秒的时间里，从小多那双神采奕奕的眼睛里，钻出两颗亮晶的泪珠儿。他猛一下扭过脸去，可是已经晚了。

演剧

　　小多自从那天向小兰征求意见以后，再不敢和小兰见面。这天深夜，小兰来到小多家，隔着窗户把小多叫醒了，分配给他一个任务。小兰说，在元宵节，县里要举行全县文艺大会演，地点在南关新盖的人民大会堂里。刚才她到公社团总支去开会，会上决定各团支部要出一个节目。大年初五先到公社参加选拔演出，选拔出最拔尖的节目，到县里参加大会演。节目的内容是：歌颂三面红旗，表扬好人好事；比赛的条件是：自编、自导、自演。团支部商量了一下，决定聘请小多担任编剧。

　　小多毫不犹豫地接受了这个任务，立时点上灯，围着被子，趴在炕桌上编起剧本来。他想编个真人真事的，可是一回想自己从学校回家以后的事，件件不称心，一想到那回向小兰征求意见的事，更是泄气，"你缺少远大的理想"！"你缺少雄心壮志"！"你缺少英雄气概"！小兰呵小兰！你叫我在井台上怎么来施展"雄心壮志"，你叫我在一把小锄上怎么建立"远大理想"？越想越懊恼，一个字也写不出来了！憋了半天，突然开了窍，一下抓到了主题思想，人物也有了，故事也有了，"刷刷刷"马不停蹄，一口气写了下来。剧本告成，东方大白。

　　小多写的是一出独幕歌剧，剧名《兄妹英雄》，主要角色有两个：一兄一妹。名叫"兄妹"，实际上是一对恋人。咱们剧作者考虑到：叫《爱人英雄》吧，太别扭；叫《夫妻英雄》吧，他俩还没有结婚，于是起了这个上下够不着的名儿。

　　剧情既简单又复杂："兄"出征王快水库，将近一年。春节前，"妹"接"兄"来信"……为了突击工程，就在工地上过年了。"除夕黄昏，"兄"突然回来了。"妹"大出意外，怀疑"兄"是"逃兵"！几经盘问，"兄"支支吾吾，前言不搭后语，终于直供不讳，果然是一员"逃兵"！顿时风云变色，"兄妹"之间展开了一场热火朝天的大辩论。"兄"说了不少落后话，"妹"气得七窍生烟，责备"兄"忒无"雄心壮志，忒无远大理想"……以悲愤激越的声调唱起来：

阳关大道你不走，
独木桥上栽跟斗！
从今后，大路、小道各自走，
好比那东流的水啊——不回头！

突然锣鼓喧天，鞭炮声大作，"党支书"手拿锦旗一面登场，"群众"："甲乙丙丁戊己庚……"从四面八方涌上台来。原来王快水库已在春节前提前竣工，而此"兄"在水库上建立了奇功，荣获特等劳模。众人正是前来庆功的。庆功完毕，众人立即走散，台上又刚剩下"兄"和"妹"。"妹"责怪平时对"兄"了解得太不够，原来此"兄"既有"雄心壮志"，又有"远大理想"。错把英雄作"逃兵"实在是忒抱歉了，忙向"兄"作检讨，一边流泪一边儿唱：

哥哥哥哥别生我的气，
只怪我平时小看了你，
过去的事儿别再提，
互敬互爱永远不分离！

尾声是："兄""妹"互诉离情，天上人间，无比的幸福。

小兰看了剧本，似乎并没有领会剧本的思想性儿。小多感到有点儿失望，又有点得意。

接着派定了演员，小多演"兄"，引弟演"妹"，小兰是导演。

紧张的排练开始了，两个主角高度发扬了勤学苦练的精神。每天天不亮，小多趴在井口上，脑袋钻到井里，"啊啊啊"地喊半天，据说县老调剧团的台柱子胡子生十岁红，他那铜嗓门儿，就是这样练出来的。 引弟几乎无时无刻不在练唱，站着唱，坐着唱，走路也唱，吃饭的时候，在肚里唱，她娘说，引弟做梦也在唱，一夜把她吵醒好几回。两个主角，不光嗓门儿亮，身段也好。 可是小兰总觉得有点不对劲儿：引弟演到末了儿，嘴里向"兄"赔不是，瞧模样儿，心里一点也不服气，看样子，这一对儿迟早得吹了！小多的缺点更明显，别看他挺胸凸肚地可着嗓子喊，总觉得缺少点英雄气概，不象个特等劳模。 毛病到底出在那里呢？

小兰还没想出个修改剧本的方案来，已经到了公社选拔演出的日子。

正月初五早晨，演出队的人们早早儿来到了小学校里，单单缺个女主角引弟没到。 小兰三步并作两步赶到引弟家，见引弟她娘呆呆地在外屋站着。小兰问她："引弟呢？"引弟她娘哭不哭笑不笑地向里屋努努嘴儿。 小兰掀开门帘往里屋一瞧，只见引弟拉长脸，靠着隔扇墙在炕头起坐着。小兰急忙说：

"你可是沉得住气！"

引弟一个鲤鱼打挺，趴在一罗儿被窝上。拉她她不动，喊她她不应。小兰是个有耐心的孩子，可是此刻急得跺脚了。 她一边儿搬着引弟肩膀摇晃，一边儿带着哭音嚷起来：

"嗳嗳嗳！我那活奶奶！你存心把人急死怎么的？"

引弟慢慢扭过脸儿来，张张嘴，说出句话，可是一个字也听不清。

小兰说："你使劲说呵！"

引弟又张张嘴，这回小兰总算听明白了，引弟说的是："完啦！完啦！"原来她嗓子哑了。

小兰跑回学校里，向大家报告了这个不幸的消息。 一屋子人都变了脸色。"嘭"的一声，关在教员室里化妆的小多，涂着一脸油彩，破门而出，拔脚飞奔而去。工夫不大，只见他一手托着两个鸡蛋，一手提溜着一个纸包，冲进教室，上气不接下气地说：

"有救了！这是胖大海！"他把纸包儿一举，又掂掂手心里的两个生鸡蛋，"都是特效药，喝下去包管嗓子就亮！"他袖子一捋，在煤火上熬起胖大海来。

说话早有人架着引弟两条胳膊，"嘻嘻嘻哈哈哈"地进了教室。引弟紧抿着嘴儿，真是有苦难言。特效药熬得，小多倒了满满一海碗，"咕嘟咕嘟"直往引弟嘴里灌。紧接着，又让她喝了两个生鸡蛋。

引弟试了试嗓子，果然亮了！可是那声音有点象涮衣服，又有点象鸭子叫唤。难听极了。还不如哑了好。

远远地传来一阵鼓乐，那都是外村到公社去参加选拔演出的演出队，正打村边过。眼看今儿是没法参加选拔演出了！小多一下凉了半截，捏了两手心汗。

众人纷纷献计。有人主张采用演双簧的办法，叫人替引弟唱，她只管张嘴、比划。又一想，使不得！在台上演，也许能包住馅儿，可是今儿是在广场上演，四面八方，没遮没拦，连瞎子也蒙不了！

正在这严重时刻，众人突然发现小兰不见了！一屋人七嘴八舌，乱喊小兰。喊半天，人们才发现小兰独自在院里槐树下，一边儿比划，一边儿哼哼着，听见人们叫她，才踩着碎步回来了。

小多问："怎么着吧？今儿到底演不演？快决定！"

小兰说："演！"

"你瞧引弟上得了阵吗？"

"我上！"

斩钉截铁，毫不含糊，小多二话不说，伸手往小兰脸上抹油彩。旁人跟着也明白了，有的替她梳辫儿，有的替她换衣裳，有的替她换鞋……分工合作，齐头并进，瞬眼间，把小兰化妆好了。"轰隆"一声响，锣鼓齐鸣，齐村演出队出征了！"劈里啪啦"，直奔淤村而去，象是一群消防勇士，上哪去救火似的。

赶到淤村，报幕员正在报幕：

"第二个节目：《兄妹英雄》，演出者：齐村演出队。现在齐村演出队还没到,请大家……不不!到了!马上开演!"

急锣密鼓声中,小多和小兰气喘咻咻地上了场。跟去看戏的齐村人,个个都替小兰担心,最最担心的是引弟。她咧着嘴,两眼发滞,脸色焦黄。瞧着瞧着,一颗悬起的心落下了,脸上泛起红光,不知不觉啧啧连声,忍不住哑着嗓子喊了个"好儿"!谁想到演到末了,出了漏子!"支书"送过"喜报"下场后,该着"妹"流着泪向"兄""检讨"了,可是小兰眼里怎么也挤不出泪花来,反倒气儿越来越足了!引弟牙齿紧咬着嘴唇,两个拳头越攥越紧。更没料到小兰把戏词也唱错了!引弟"啊"了一声,扭过脸去,不敢再看。琴师急得忘了拉琴,笛手连笛子都落到地上……也因此,"妹"的歌声显得更加清晰响亮:

当了劳模有什么了不起?!
你不该胡说八道把人欺!
要是你不把毛病改彻底,
这辈子甭想我理你!

小多猛吃一惊,听小兰唱完,才清醒过来,原来她把词儿改了。马上随机应变,也把自己的词儿改了,反倒向"妹"作了"检讨"。

这么一改,"妹"的性格,前后不再矛盾,因此也显得自然了。"兄"也如此,纵使仍然"缺少英雄气概",但这个缺点,也不显得那么突出了。

这个节目,终于被选拔上了。

元宵节

演出队的干劲儿更足了,每天天一黑就排练,深夜才散。引弟还是风雪无阻,每晚必到。她一丝不苟地给小多小兰提供建议,纠正缺点。

她娘每晚总得跟了来，手里抱着引弟的半截棉大衣，靠着柱子打瞌睡。直到戏排完，她默默地把棉大衣给引弟披上，跟着引弟回家去。

有一回引弟娘背着引弟对小兰说：

"兰，有句话对你说：俺引弟自打哑了嗓子，吃不下，睡不着，老是独自个儿唉声叹气的，我问她，她不吭声儿。你快说说她吧，你的话，敢情还管点事儿。"

第二天，小兰去找引弟，问她有什么心事？引弟吭哧了半天，说：

"没有完成任务，心里还能舒坦吗？"

"这能怪你吗？"

"对你坦白了吧：我一心压倒小多，就豁着嗓子练，想不到会哑的……"

"那也没什么！"

"说得轻巧！别给我吃顺气丸了！要不是你，差点误了演出，给齐村丢了脸！"

"事情早过去了！你嗓子不是快好了吗？"

引弟叹口气说："那还管什么用……"

天有不测之风云，谁能想到，就在正月初九晚上，小兰的嗓子也哑了！哑得比引弟那回还厉害，说什么话也得用笔写。离全县大会演的日子，只剩下五天了！这可怎么办呢？小兰给引弟写了张纸条儿：

为了齐村的荣誉，你把这副担子担起来吧！

引弟毫不犹豫地接过小兰肩上的担子。元宵节，齐村演出队进城参加全县大会演。这天，小兰忙着张罗送粪，没去。她送引弟、小多他们到村边。临别，小兰紧紧和引弟握握手，拣了个土坷拉，在地上写了句话：

祝你们演出成功！我等着。

会演结果，《兄妹英雄》得了二等奖，小多和引弟得了演员奖。他们为齐村争得了荣誉。小多和引弟留在城里参加发奖大会。旁人都先回来了。

149

小多和引弟从城里回来,已经是半夜了。他俩拿着奖旗,急急忙忙去向小兰报捷,走到小兰老爷家门口,忽听着从那紧闭着的大门里,传出一片说笑声,正是演出队的人们,在谈论大会演的事儿,时不时地爆发出阵阵笑声。在这笑声中间,有一个最高音,发出金属的声音,这样响亮、清脆……象是解冻的河水,带着春天的气息,无拘无束地奔向远方。

小多猛吃一惊,忙问引弟:

"你听!这是谁?"

"这不是小兰吗?"引弟心里一怔,但稍经思索之后,便完全明白了,说:"我得找她算帐!"引弟举起双拳,擂鼓似地敲起门来。

别看小多机灵,这工夫,他心里还没转过弯儿来,还在那里发楞呢。

天上,月儿正圆,一缕儿轻纱似的白云,在宽广无边的天空飞过。

掀帘战

一九四二年五月，正当小麦秀穗的时候，日本人用了十多万兵力，来"扫荡"冀中平原。马队、"汽驴队"成天到处乱窜，一直折腾到秋天，也没收兵。平原又比不得山地，一眼能望到天边，那时候有不少村子还没有挖地道，日本兵一来，老百姓连个藏藏躲躲的地方也没有。

有一天晌午，县游击大队有一百多人，正在梁阜吃午饭，刚拿起碗筷，日本兵已经到了村边。这村紧靠着沙河，人多船小，一时过不了河。这时候正发大水，又不能蹚水过去。幸好日本兵来得不多，才四五十人。县游击大队队长就把队伍拉到一个院子里。

这院子很宽敞，是个四合院子，四面是房子。一百多人分成四小股，每一小股占了一面的屋子。队长下了道很特别的命令：一律上好刺刀，藏在屋里，谁也不许哼声，日本兵不掀门帘，谁也别动。

才安排定当，只听得街上鸡飞狗叫，乱得象是开了锅的粥。日本兵已经进了街。战士们还是藏在屋子里，队长不叫动。

日本兵就挨家挨户地到各家搜查。院外传来一阵"砰嘭砰嘭"的砸门声，"踏踏踏"的脚步声，"劈里啪啦"的砸了罐子碰了瓮的声音。才过了一会儿，日本兵已经进了邻院。隔着一堵墙，战士们听得清清楚楚，可是队长还是不叫动。

日本兵从邻院搜查出来，到了这院子的门口，只见大门敞开，于是就大摇大摆地进了门。

院子里很凉快，那棵白杨树迎风"哗啦哗啦"地响，太阳光透过枝叶密密的葡萄架，碎花花的一片浓影，在地上微微地晃动着。

葡萄架上挂满一串串亮晶晶的葡萄，发出紫宝石的光，真是一口一包水的好葡萄！在那葡萄架下，几只老母鸡踢着爪子，正在啄食吃。

这时候，虽说是秋天，可是天气还很热。日本兵一个个又累又渴，浑身臭汗湿透了衣衫，难得找到这么一个又宽敞又清静又凉快的院子。日本兵一个个赶紧摘下钢盔，松了松风纪扣，跑到葡萄架下的阴凉里，七手八脚地去摘葡萄，接二连三地往嘴里塞。

这时候，在屋子里藏着的战士们，一个个紧握着枪杆，咬着嘴唇，瞪着发亮的眼睛，胸口"突突"地跳个不停。可是队长还是不叫动。

一个挎着马刀穿着马靴的日本人，一步一步的走向正屋去，后边跟着几个日本兵。走一步，马刺"丁丁"地响一下。他刚走到正屋跟前，才一掀帘子，还没迈进腿去，正在这时候，突然听得屋里：

"啊啊！"山崩地裂地一声吼。

紧接着从那门里，冲出一伙人来，一个个脱光了膀子，头上扎着白毛巾，手里挺着亮得耀眼的刺刀，杀出门来。

那几个日本兵就一个筋头仰面朝天，翻下了石台阶。

正象是晴天打了个霹雳，正象是平地塌下了一座高山。

塞了满嘴葡萄的日本兵，一个个眼花缭乱，急急忙忙端起枪来，忽听得"啊啊"一声，正屋两旁的窗户直倒下来。随声从那两个窗户里又窜出两伙人来，一个个也是脱光了膀子，头上扎着毛巾，手里挺着亮得耀眼的刺刀，猛扑过来。

正象是脱了缰的马，正象是决了堤的水。

吓得那一伙日本兵，头昏眼黑，一面招架，一面慌忙向后倒退着走。

正在这时，又听见一声"啊啊"，藏在东屋、西屋和北屋里的战士们，一齐杀了出来，把那伙日本兵围了个滴水不漏。

弄得日本兵正是上天天无路，入地地没缝。

一阵肉搏，日本兵躺下了一大片。

有几个还活着的日本兵，扔下钢盔，奔出了院门。哪知道咱们的人早上了房，支起机枪，"嘎嘎"一阵响，刚刚奔出院门的日本兵也应声倒下了。

这一场战斗，把四五十个鬼子兵全部消灭了。这个战术自古到今，兵书上从没有过的，叫做"掀帘战"。

队长一面赶紧吩咐战士们打扫战场，收点胜利品；一面吩咐村里的船家，赶紧安顿好船只，准备马上渡河。

这时候，战士们擦着豆大的汗珠，胸口还是"突突"跳个不停。院里静悄悄地，那棵白杨树，还是迎风哗哗地响，屋角一抹斜阳，映得葡萄架顶上一片金黄。

拿炮楼

　　山西定襄县南桥村,有一座伪军炮楼,里面住着三四十个伪军。炮楼的四围,有条丈五宽两丈深的沟。沟里有一人深的水,上面架着座桥。这桥是活的,名叫吊桥。天一擦黑,伪军把炮楼门一关,把桥吊在半空,谁也过不去。白天,那就更甭说了,炮楼下面一有动静,炮楼上的钢炮、小炮、机枪……一齐开火,更是过不去。

　　咱们的县游击大队在晚上打过它好几次,哪一次也白打了。头几次,炮楼上还还枪。后来,索性连理都不理了。你打你的枪,他睡他的觉。他们知道咱们没炮,顶不了大事。

　　于是,咱们就换了个法儿,开展了政治攻势,动员了一批伪军家属,到炮楼跟前去喊话。伪军们听见是自己家里的人在呼唤,心里难免打"扑通",可是伪军队长逼着伪军们往炮楼下面扔砖头,一下子又把伪军家属们扔跑了。

　　这怎么办呢?来硬的吧,火力不行;使软的吧,敌人又不吃这一套。用尽了千方百计,还是没门儿。一想起这事来,急得大伙儿就跺脚。

　　县游击大队长说:"别忙!咱们召开一个'诸葛亮会',让大伙儿出主意,就有办法啦!"

　　于是就在当村请了十来个基本群众,和县大队上的战士们合着开了个会，讨论怎样拿炮楼。

人们一个个耷拉着脑袋，眉心里挽上了疙瘩，左琢磨右琢磨，脑袋想得发胀，说出的法儿来，还是使不得。这真是把大伙儿别住了！有人就叹起气来："唉！有门炮那就好说了！"这话马上就叫人顶了回去："那还用你说？有两门炮就甭讨论了！"你一句我一句，说着说着就离了题儿，"叽叽喳喳"抬起杠来。

紧挨着县游击大队长，坐着一个老汉，他自打来开会，一句话也没有说过，光顾着"吧嗒吧嗒"抽旱烟。县大队长就对他说："老汉！你还没有发过言哩，你给咱们出个主意！"老汉说："怕我这法儿也使不得！"县大队长忙叫大家别嚷嚷，听老汉发表意见。

老汉就站起来说："这是斗法哩，就得先摸住他的骨节眼儿。咱们不是怕他的火力强嘛？只要使个法儿，使得伪军们不打枪了，那不就成功啦！"

原先大伙儿以为他出了什么好主意哩，一听到这里，不觉哈哈大笑。你一句我一句的乱说开了："你在说梦话来？""你算是没白多吃了几年小米！""真是好办法！""就可惜伪军们都是活的！"

县大队长忙挥着两手说："别瞎嚷嚷！老汉的话也有道理，让他说完！"

老汉就说："我就是这个意见，只要抓住骨节眼儿，事情就好办！"

老汉的话才说完，有一个后生突然大声嚷起来："报告！我有法儿不让他们打枪！"大伙儿的耳朵一支楞，静听他说下去。"我见他们每天早起放下吊桥以后，就出来上早操，绕着炮楼跑步，谁也空着手，光留一两个站岗的。要是凑这空子猛冲上去，保险他们没法治。可惜他们不到一个放屁时辰，又钻进炮楼里了；这还不成大问题，只要快，也行！就有一层难办：要是叫站岗的看见了，把吊桥往上一拉，那不又瞪了眼啦！

大伙儿听着听着有了门儿，一个个反倒着急了。有人说："对！"可是也说不出个名堂来。有人闭着眼睛苦想，也有人光咂嘴不说话……

155

屋里静得出奇,光听得一个个的烟锅子里"滋滋滋"地响。突然"嘭"的一声,有一个小伙儿从炕上跳到炕下人堆里,大伙儿定睛一瞧,原来是县大队上的机枪手,只见他双手比划着,大声喊道:"有了有了!这就用着咱们的机枪啦!咱们一见他放下吊桥,就把三挺'歪把子'集中火力,一齐对准炮楼的门'嘎嘎嘎'一盖,打的他抬不起头来!叫他狗日的拉吊桥!叫他狗日的拉吊桥!"那机枪手嘴里飞溅着口沫,连说带蹦的又跳上了炕。

大伙儿听到这里,一个个跳起来拍手叫好。

县大队长眼珠转了几转,一挥手说:"对!就这么办,明儿早起就干!"同时他又嘱咐大伙儿说:"今儿黑夜大伙儿回去,谁也不许说,对自己的老婆也别哼气儿,道上也别嘀咕,只当没这回事儿!"

接着,县大队长把小队长、班长召集在一起,部署明天的战斗。

第二天,鸡还没打鸣儿,战士们早已准备定当,刺刀擦得雪亮,枪口发着蓝光,战士们一个个象是打足了气儿的皮球似的,憋足劲儿。县大队长摸黑儿把队伍拉到离炮楼不远的地方,安好了三挺机枪的位置。

说话天就发白了,只听见炮楼上"的的答答"吹起起床号,远远地瞅见吊桥平平稳稳地放了下来。三四十个伪军,披着衣裳扣着扣儿,揉着眼睛,一窝蜂似的下了炮楼。

急得机枪手就想扣火,县大队长说:"沉住气,听口令!"

直到伪军们排了队,看了齐,立了正,报了数,稍了息,一直到"向右转!跑步——走!""走"字才落地,机枪手说:"打吧?"县大队长说:"别!听我的命令再打!"

三四十个伪军"嚓嚓嚓嚓"地跑开了步了,才转到炮楼背后,队长喊道:

"开火!"

"嘎嘎嘎嘎"机枪一齐怒吼,子弹象雨点似的盖住了炮楼的门,吊桥再也吊不起来了。

这时候，县大队长命令司号员吹起了冲锋号。

随着号声，战士们挺着刺刀，一溜烟似的冲过了吊桥，直冲到炮楼跟前。

象是塌了天似的，吓得正在跑步的伪军，伸着两手筛糠似的直抖索。有几个死命往炮楼门口跑，还没跑到，就叫刺刀挑翻了。有几个"扑通扑通"掉到沟底。

旁的伪军全叫咱们活捉了。村里的民兵和老百姓也涌上了炮楼，七手八脚动手拆炮楼。

这时候，太阳急急忙忙从山隔叉后边探出头来，瞧着这一群人，兴奋得满脸通红。

过封锁沟

在一九四二年以后，日本侵略军一连来了五次"治安强化运动"，一心一意想消灭抗日民主根据地，三里修一个碉堡，五里盖一个炮楼。这还不算，又在汽车路和铁道的两旁，在山地和平原交界的地方，挖了一条一丈五尺宽二丈深的封锁沟，想把根据地分割开来。就这样，日本侵略军还是安生不了。于是，他们想试试中国的民心：到底是亲日的多还是抗日的多。

有一回，在河北省平山县东南部的游击区，日本队长让一个汉奸化装成抗日干部的样子，满头大汗地跑到村里，说鬼子兵在后边追来了，让老乡们找个地方让他躲一躲。老百姓一见他是个抗日干部，就把他藏在柴禾堆里。紧接着，追来了一群日本兵，问老百姓村里来了"八路"没有？老百姓都一口咬定说没有。日本兵就搜人，搜着搜着，那个躲在柴禾堆里的汉奸，自己就从柴禾堆里钻了出来，喊道："太君！太君！我在这儿哩！"

日本强盗说老百姓的心"大大的坏了"！把老百姓好一顿揍，还敲诈了一大笔款子。真把老百姓气坏了。

古话说："不经一事，不长一智。"从此老百姓也学了乖，和抗日干部定下了暗记号，是真是假，一接头就知道。

从此，日本强盗也就更加不放心了，于是就强迫各村的老百姓组织了"自卫团"。每到晚上，强迫"自卫团员"们在封锁沟边上站岗，每人手里拿一盏灯、一根木棍、一条绳子，隔这么十步二十步就放一个岗。日本队长对站岗的人说，要是沟里有点风吹草动，赶紧吆喝，一个传一个，一直传到炮楼上，日本兵马上出来捉拿。要是没事，也得不停地喊："嗳……没事呵！"也得一个传一个，传到炮楼上，日本人才能放心睡觉。

在靠近凹里村封锁沟边上的一个炮楼里，有个特务队长，叫白四狗。他每天晚上到沟沿上来查岗，总是对站岗的老百姓说："谁放过一个'八路'来，就按私通'八路'论罪：要他的脑袋。要是'八路'硬要过沟，你们就给我用棍子揍，打死十个八个没关系！"老百姓们也总是答道："是是！"

老百姓嘴上"是是"，实际上可不是那么回事儿，咱们的干部照旧三天两头地过沟来。沟沿上有了老百姓站岗，反倒减少了过沟的麻烦，站岗的把绳子往沟里一放，咱们的干部拔着绳子，脚蹬着沟墙就过了沟。

俗话说，没有不透风的墙。日子一长，这件事叫日本队长和汉奸觉出来了，他们总想抽空子抓住把柄，把老百姓们狠狠地治一下。

有一天晚上，白四狗化装成一个抗日干部，下了沟。他爬到沟边，捏了个假嗓子，对着沟沿上站岗的老百姓喊道：

"喂！老乡！老乡！"

那站岗的一听，就有些疑心，问道：

"哪一个？干嘛的？"

白四狗说：

"西边儿的！要过沟！"

这一带的人都把抗日的叫"西边儿"的，因为抗日区政府在沟的西边。

白四狗这么一说，站岗的就更疑心。往常西边儿的要过沟，都有一定的地方，也不声张，先往沟上扔三个小土块儿，这是定下的暗记，这回这个过沟的怎么冲着沟沿儿就说起话来呢。

那站岗的灵机一动，就说：

"你候一候！"

白四狗听了，心里暗暗得意。

那站岗的就去找了两个站岗的来，商量了一阵，一齐跑到沟边，对白四狗说：

"'皇军'有命令，不让你们过沟，快给我滚回去！"

白四狗就说：

"嘿！亡国奴！你们是不是中国人？"

站岗的一听他这口气，哪象个抗日干部，就有了十分疑心，就对他说：

"出了事儿，咱们可不敢保险！"

白四狗忙说：

"行行行！"

于是站岗的一面把绳子放到沟底一面大声喊道：

"嗳嗳……没事儿呵！"

白四狗一听，欢喜的着急，想道：这一回可中了我的妙计了！回头给你们好看。他攀着绳子爬到离沟边还有五六尺远的地方，几个站岗的使了个眼色，假意问道：

"你到底是哪一部分的？"

白四狗道：

"谁还说瞎话哩？对你们说我是西边儿的！"

那几个站岗的忽然一齐放手，绳子一松，"咚"的一声，把"死狗"队长仰面朝天直掉到沟底下。

待了好一会儿，才听见他在沟底"哼哼"了一阵，骂道：

"汉奸！亡国奴！忘了你们是中国人啦！竟敢这样欺侮抗日干部？回头逮住你们，剥你们的皮，吃你们的肉！快再放下条绳子来，让我上去！"

这个汉奸队长，以为光他自己是个聪明人，旁人都是傻瓜，到这时候，他还蒙在鼓里哩。

那几个站岗的连忙赔不是：

"那不是有意的，不小心滑了手，多多包涵！上来上来！这一回小心点儿！"

几个站岗的说着话，又放下条绳子到沟底，互相挤眼撇鼻子地做了一阵手势。

白四狗忍住浑身的痛，又往沟上爬，爬到沟沿上，两手才着地，就被一个站岗的使劲按在地上，真象拖死狗似的把他拖到一边。那站岗的一跳就骑到他的背上，二话没说，抡起油锤般的拳头，没命地打，打得特务队长直叫：

"嗳！嗳！咱们没冤没仇，嗳！嗳！犯不着给鬼子卖命！"

那站岗的只顾打，对他说：

"这是'皇军'的命令，打死十个八个的没关系！"

特务队长拼命喊道：

"嗳嗳！别打！嗳嗳！都是自己人！我我不是八路！嗳嗳！我是炮楼上的特务队长！嗳嗳！特务队长！"

那站岗的还是不住拳，对他说：

"谁和你是自己人？嗯？你还说瞎话？"

这边只顾打，旁的站岗的就吆喝：

"嗳……抓住了过沟的啦！嗳……抓住了过沟的啦！"这喊声一个传一个传到炮楼里，一大群日本兵和汉奸忙端着枪直奔过来。

那特务队长怎么也爬不起来，瘫在地上直哼哼。

王二栓

　　王二栓是个十二岁的儿童团员。

　　一九四三年秋天,在反"扫荡"战争里面,王二栓被日本兵逮住了。日本兵看他年幼,不把他当回事儿,叫他点烟、倒水、扫地、喂马……干些零星杂事。晚上叫他睡在马号里。十来天工夫,王二栓就和日本兵混得挺熟了。日本兵觉得他很好玩,没事的时候尽逗他,叫他唱八路军的歌子,他也就满不在意地唱了:"大刀向日本鬼子头上砍去……"唱到"把他消灭!把他消灭"的时候,他就挥动着胳膊,对着日本兵的脖子,比划着要砍的样子。这反倒引得日本兵哈哈大笑,觉得这孩子真不懂事,对着威风凛凛的皇军,竟敢那样放肆,可见是毫无见识,对他更大意了。

　　王二栓心里恨透了敌人,一有机会,就和敌人斗争。他见日本兵睡着了,就把土灌在日本兵的枪筒里;把水灌在手榴弹里……有一次,他拿了一个手榴弹,悄悄地塞到灶洞里,日本兵一升火,一下炸倒了好几个,连铁锅也炸成了碎片。弄得日本兵很恼火,可是谁也没疑心就是这小孩子干的。

　　有一天,日本兵从临近村子里抓来三四十个青壮年,关在村东头的一个羊圈里。不让吃也不让喝,手脚都被捆得结结实实。羊圈四面有一堵围墙，墙外日本兵放了个游动哨，绕着围墙游动。

王二栓见了这情形，心里干着急，苦苦地思谋了半天，就有了办法。这天晚上，当他去喂牲口的时候，他把裤带解开，扎上腿带，把料豆全倒在裤裆里，重新紧好裤带。又在地里拔了几个水萝卜，凑空塞进了围墙，到了羊圈跟前。可是羊圈门上锁了把大铁锁，没法进去。可巧门下空着一尺来宽的空档，他就试着往里钻，憋了半天，也没钻进去。于是他脱了袄裤，光着身子再往里钻，把肚子一吸，竟钻进去了。他就把料豆和水萝卜，给了那些受难的乡亲们。

他回到马号里，才躺下，突然听见有几个伪军在聊天。说是明天一早就要把那些青壮年运到关东去下煤窑。关东是个什么地方呵？他坐起来就插嘴问了一句。有一个伪军爱理不理地对他说："你问这个干什么？那地方远着哩，就是太阳出来的那个地方。快睡你的觉吧！"

王二栓听了这话，越想越睡不着：太阳出来的地方是在哪里呀？他记得有一次跟爷爷去赶下口集，天不亮就动身走了，正是朝着太阳出来的那个地方走的，一直走到下口集上。也没走到太阳出来的地方。那一定是个很远很远的地方。要是那些乡亲们当真都被日本兵运走了，怎么再走回来啊！他们家里的老人小孩不惦记他们吗？准还得啼哭哩！他记得前年秋天，他爹被日本兵用刺刀挑死了，爷爷、奶奶，还有妈守着爹掉了好多眼泪！直到现在，妈还是常啼哭，锄着锄着小苗哭了，摘着摘着杨叶哭了……还有爷爷胡子那么长了，也还常啼哭，有一次爷爷逗着他玩，摸着摸着他的头发，就掉泪了。不知为什么，他最怕见大人啼哭，他就求爷爷不要哭，他哄爷爷说："爷爷，爷爷，不要哭，我长大了出去打短工，挣了钱给你买麻糖吃！"那知道爷爷一听这话，就象小孩似的"哇哇"哭出声来了……他一想起这事，胸口就堵得慌。他想这会儿，那么多的人要是叫日本兵运走了，那还得了？说什么也得告给他们。于是他就装着打起呼噜来，等到那几个伪军一走，他一骨碌就站了起来，又摸到羊圈里。他把这事对大伙儿一说，大伙儿比他还着急，嘀咕了半天，有一个人就对他说："娃娃！你来，把我的绳子解开！"他赶紧去替他解绳子。日本兵心毒，挽的疙瘩也真结实，他怎么也解不开，他就用牙齿帮着咬，咬得牙根都痛了，出了一头大汗，这才把绳子解开了。那人就对他说："你到围墙外面待着，要是老洋鬼进了围墙，你就使劲咳嗽！"

王二栓到了围墙外面，藏在黑地里瞅着。

不一会儿，游动哨游过来了。王二栓没等他瞅见，就走到他面前伸着手说："太君！太君！淡巴古的新交！"日本兵说："没有的！你的什么的干活？"王二栓说："苦力的干活！找勺子饮牲口哩！"日本兵没听懂他的话，眯着眼拍了拍他的头说："小孩，大大的好！"说着，四处瞅了瞅，没精打采地走了。

当王二栓又回到羊圈里的时候，人们已经跑光了。原来那羊圈紧挨着坡根，翻过坡去是一条弯弯曲曲的小山沟。羊圈墙上有一个木棂子的窗户，人们把木棂子打开钻出去，跳过墙，翻过坡，进了沟。

王二栓想：我也该走了！可是他又想到马号里的牲口。这些牲口都是日本兵抢的老百姓的，不能让日本兵拉走。他就又回到马号里，把所有的牲口的缰绳全解了。

当他才出了村进了高粱地，忽听到村里打起枪来，皮靴声、喊声……响成一片。

这时，黑得象锅底的天空，突然打起闪电来，风从四面八方向高粱地卷来，似乎要把整片高粱地都掀翻了。雨点象是爆豆似的"劈里啪啦"地洒下来……秋天的风雨是很吓人的。可是王二栓不管这些，只顾深一脚浅一脚地往前走。

张老汉跳崖

夏天，收麦子的时候，日本兵又到根据地里来抢粮了。

这天，有百来个日本兵和伪军要从牛头沟过。我们的部队一得到这情报，就在牛头沟四周的山头上，做好工事，架好机枪，准备打埋伏。可是一直到第二天晌午，还不见动静。

离牛头沟不远，有个张家庄。庄里有个张老汉。他平时对抗日工作就很积极，这时候，他想到军队在山头上待着，一定很口渴了，于是他就担了两桶开水，拿上瓢匆匆忙忙地上了路。

张老汉走了没半里地，忽听得背后"得得得"一片马蹄声。回头一看敌人的马队来了。他自量跑也跑不了了，就顺势拐到道旁的玉米地里，装着浇庄稼的样子，一瓢一瓢地把热水浇到庄稼苗上。

一会儿，敌人走到张老汉的跟前。张老汉只顾浇水，连头也没抬。骑在马上的日本小队长，两腿把马一夹，冲到张老汉的跟前站住。这时候，张老汉已经把两桶热水浇得快见底了。

日本小队长撇着中国话说：

"老头！什么的干活？"

张老汉慢吞吞地说：

"天旱，不浇水庄稼快旱死啦！"

日本小队长没听清他的话，只听清了一个"水"字。他正渴得厉害，忙跳下马来，摘下水壶去灌水。才把水壶按到桶里，就象叫马蜂螫着了似的叽哩咕噜地叫起来。翻译官听了小队长的话，连忙去摸水桶，转过身来就对张老汉大声喊起来：

"你老昏啦？开水还能浇庄稼？准是给八路送水的！"他顺手掏出盒子枪，拨开机头，直对着张老汉的胸口："八路在哪里？不说，就敲了你！"

张老汉伸手把瓢搁到桶里，两手往袖筒里一抄，斜了翻译官一眼说：

"这可不能对你说！"

翻译官举起担水的扁担，对准张老汉的脑袋，龇牙咧嘴地说：

"说不说？八路在哪里？"

"八路在我这里！"张老汉指了指自己的胸口。

日本小队长急得眼里冒火，回头一招手，"唰唰唰"地就跑来了五六个日本兵，枪托、拳头、皮靴一齐向张老汉打来。张老汉紧抿着嘴，颤巍巍地站在那里，真象是狂风暴雨中的一棵大橡树。

这时候，几个日本兵举起枪托，直向张老汉的脑门心上打下来，张老汉心里一横，就摆了摆手，大声说：

"走！跟我走！"

张老汉领着日本兵，专拣没路的地方走，日本兵不得不下了马。越走越快，累得日本兵直喘。张老汉眼看着已经进了伏击圈，才舒了口气，就领着日本兵往崖上爬。

爬着爬着，前面是悬崖绝壁，再也不能走了。日本兵向下一望，一片烟雾，深不见底。

日本小队长觉得事情不妙，"哧"的一声，抽出了马刀，瞪着眼气呼呼地问张老汉：

"八路军呢？"

张老汉屏住气息，按住心跳，随手向一边指了指，日本小队长随着他指的方向才一望，眨眼间，"嘎嘎嘎""轰！轰！"埋伏在四面山头上的八路军开火了！一下就打倒了好几个日本兵。崖高地窄，进退两难，日本兵挤成一团，心里急得连枪栓也拉不开了。张老汉趁这乱劲儿，双手把日本小队长拦腰一抱，大喊一声："下去吧！"就跳下了崖。

第二天，人们在崖底下发现了张老汉的尸首。只见他紧咬着牙关，闭着眼睛，紧紧搂在日本小队长的腰里的两条胳膊，就象是扎在桶上的两条铁箍。

"我是区长！"

坎垃坪是个小山庄，全村都是佃户，只有一家是地主。这地方是个游击根据地，日本人三天两头地来"扫荡"，可是人们抗日越抗越坚决。

这天后晌，正下大雪，区长到了坎垃坪。不小心走露了消息，日本人就派兵来，把坎垃坪包围了个滴水不漏，挨家挨户把全村的人统统逮住了，区长也没有跑掉。幸好这区长穿的、戴的、说话、走路……和老百姓一模一样，混在人群里，就连熟人也难看出来。

人们冒着风雪，被日本兵圈到场里。日本兵在场的四围早架好了机枪，三步一岗四步一哨，布置得严严实实。

日本队长满脸杀气地瞎吼了一阵，翻译官按着他的样子胡说了一通。意思是说：要是不把区长交出来，就得把坎垃坪的人统统杀光，连个种也不留！只限五分钟的时间。

可是全场的人谁也没哼声。

日本队长一看手表，早过了两个五分钟了。可是人们还是不哼声。

冷不防，日本队长冲到人群里，一把拖个青年来，问他：

"区长你的说！"

那青年只回答了三个字：

"不知道！"

日本队长抽出马刀，在他脸前一晃：

"不说？"

那青年还是说：

"不知道！"

日本队长举起马刀对准他的脖子要砍：

"你的说不说？"

那青年还是说：

"不知道！"

他这句话还没说完，日本队长的马刀早砍下来了。

这时候，风卷着干雪，呼呼呼地直向人们脸上扑来，全场的人象是一棵棵的大树，立在那里一动也不动。

日本队长一手提着雪亮的马刀，倒竖着眉毛，鼓着一对三角眼，死盯着人们的眼睛，看看谁害怕了。他的眼光射到一个矮胖子的脸上，猛一下窜过去，一把就把那矮胖子从人群中拖了出来。

正好比在一池静水里投了颗石头子儿，人群里微微地波动了。原来被拖出去的那人，不是别人，正是坎垃坪的地主张景祥。

那矮胖子被拖到场当间，就地乱滚，亲娘亲爹地嚷得好热闹。日本队长狠狠地踢了他几脚，他才爬起来，捣蒜似的磕起头来，满脸的肥肉乱颤。

日本队长对他说：

"哪个的区长？说！说！不说？死啦死啦的！"

那矮胖子定了定神，看了看日本队长手里提着的马刀，又看了看全场的人。只见全场千百只眼睛，闪着锐利的光，直射着他的眼，逼得他低下头来。

翻译官凑近日本队长的耳朵嘀咕了几句，就对矮胖子说：

"我们知道你是良民，说了担保没事。要是不说，嘿！脑袋可是自个儿的呵！"

矮胖子细声细气地说："说了……"他缩着胳膊指了指场里的人们，"他们饶不了我！"

翻译官说：

"我给你作主！谁敢用手指头捅你一下，就要他的命！"

他说着，就把矮胖子拉到一边，咬了一阵耳朵。

不大一会儿，矮胖子就领着翻译官和日本队长直向人群里走来。

人们心里难免发慌，当矮胖子一步比一步接近区长的跟前，人们的心也一阵比一阵紧缩了。

当矮胖子领着日本队长和翻译官，快到区长跟前的时候，突然从人群里窜出一个人来，手里紧捏着一块三尖石，直向矮胖子扑来，手起石落，把那矮胖子砸倒在地。

人们正象在梦中惊醒一般，定神一看，砸死矮胖子的是本村的一个羊倌。这时候，他已经被日本兵抓住了。

翻译官问他：

"你为什么砸死他？"

他说：

"我不让他胡说！"

日本兵二话没说，就把他按倒在地。有一个日本兵，双手举起一块西瓜大的石头，对准他的头砸了下去。

日本队长急得嘴唇发紫，疯了似的顺手从人群里拖出一个小孩来。

那小孩看样子才十三四岁，上身穿一件大人的棉袄，直齐到膝盖，下身穿着一条单裤。他那圆圆的脸上嵌着一对又黑又亮的眼睛。这孩子也不害怕，学着大人的样子，抿着嘴唇，交叉着手，挺着腰板。

日本队长就问那孩子：

"你的也不怕死？"

那孩子大声说：

"不怕死！"

那嗓音又尖又响，四围的山谷一齐发出了回声：

"不怕死！"

"不怕死！

"不怕死！

这一下，可把日本队长惹火了：

"你的也不说？说不说？说不说？……"

日本队长说着说着举起马刀又要砍呵，那孩子回过头来，瞅了瞅那雪亮的马刀，就又回过头去，抿着嘴唇，闭上了眼睛。

全场的人静悄悄地都低下了头。

正在这时候，人群里忽然有人大声喝道：

"狗强盗！给我放下这孩子！我是区长！看你们怎么着我！"那人说着话，腾、腾、腾地一直走到日本队长的跟前。

大家一看，那人正是区长。

人群马上波动了，忽然又有人喊道：

"他不是！我是区长！"

紧接着有好几个人一齐喊起来：

"我是区长！"

"我是区长！"

"我是区长！"

…………

喊声响成了一片，仿佛四围的山也都震动了。

日本队长身不由主地往后退了一步，悄悄地把马刀插到刀鞘里。

地道里的一夜

一九四四年的冬天，我到河北曲阳县的游击区去。我一向是在山地工作的，只是在一九四三年冬天，到过河北省平山县的一个游击区。那一回，我们冒黑儿通过了敌人用"三光政策"制造出来的"无人区"，匆匆地穿过了一座村庄又一座村庄。在那些村子里，没见一个人，每座房子都只剩下了个墙框框，连那厚厚的石碾盘，也被敌人砸成了两半，在一边倒着。道旁长满了齐腰深的草，有时候看到在那草丛里竖着一座熏得墨黑的锅台，大概这儿过去是集市。

我们走着走着，领队的从排头一个挨一个地传下口令来："快到封锁沟了，别说话！"说实话，谁也早就不吭声了，连咳嗽都捂着嘴呢。

过了一片荒了的庄稼地，前面是一片平原。一眼望去，只见有一串高高低低的灯光，不知道哪是头哪是尾。远远地传来一阵阵喊声。

我们就疏散开来，弯着腰向前走了丈把远，前面横着一条一丈多宽两丈来深的大沟。抬头看去，紧靠沟沿，每隔十来步，站着一个人，一手举着灯笼，一手拿着棍子，棍子的一头，还插着个矛头。待一会儿，他就拉长嗓音喊一声："噢……没事儿呵！"

前面不远，耸立着敌人的炮楼。这炮楼很象火车站上的水塔，从窟窿眼儿里射出一片灯光。

　　我们的领队隔沟扔了几颗石头子儿，不多一会儿，有几个"守沟人"匆匆忙忙地走到沟边。他们一面忙从腰里解下根绳来，放到沟底，一面比划着手势，让我们下沟。

　　我们一个个地下了沟，"守沟人"不住嘴地喊着："噢……没事儿呵！"

　　我们就这样过了"封锁沟"，到了敌人的"确保区"。

　　我想这次去曲阳游击区，大概也得这样去法，没料到这次"封锁沟"却是大摇大摆地从太阳地里过去的。那沟已经不是沟了，有些地方已经填平，有些地方，沟里的两壁已经成了斜坡。

　　过了"沟"，前面就是敌人的炮楼。区里的交通员小赵，领着我直往那里走，一眼就能看清那炮楼上站岗的伪军，直到连那伪军的眉毛和眼睛都能分清的时候，小赵才领着我拐了个弯。我问小赵："他能看清我们吗？"小赵说："老高的站着怎么会看不清？"我说："那不碍事吗？"小赵说："嘿！早叫我们治老实了！要是在前几年，你试试，晚上打这儿过都有困难。"接着，他就给我说了个笑话。

　　他说，前些日子，抗敌剧社来了个同志，他带着只照相匣子。大白天，区武装委员会主任老戚带他到炮楼跟前来照相，站岗的伪军见有人给他照相，赶紧把帽檐盖到眉毛上，装了一张怪脸。他是怕将来有一天有人拿着这张照片找他去算帐。我听到这儿，不觉笑了。小赵以为我不信他的话，他又举了个例做证明。他说，靠着炮楼的村子，都有一本帐，记着哪年哪月哪日，敌人盖炮楼的时候，锯了谁家几棵树，拆了谁家的墙，抢走了几块砖，一笔一笔记得很清楚，将来也要算帐的！

　　到了东邸村，见到了区委书记老梁。一见面，他就对我说："城里的敌人，可能今晚出动。随军带着一百二十五辆大车，两千条口袋。看样子是敌人过不了年，临时出来抢些吃的。你才到，就碰上热闹了！

趁这机会参观参观咱们这里的地道建设吧！"

接着，他就给我写了封介绍信，让小赵送我到南古张庄去。

到了南古张庄，这村的民兵中队部指导员白元，把我安置在一家姓杜的老大娘家。这位杜大娘是个抗属，她说她见了抗日的，就象是见了她的儿子一样。她说，我尽管在她家里待着，保险出不了错，缺什么，说话，不要为难。

杜大娘生着了过炕的火炉，搬了一张红漆炕桌来，烧糊了几颗红枣，沏了一壶茶。她说："让我们安安生生地过个年吧！这几个月洋鬼子还没来过呢，可别正过年又来了！"

接着，她就到院子里点亮了蜡碗，到牲口棚里去贴"福"字了。

原来今晚就是阴历小年夜了。

夜很静，我坐在炕上喝着茶，远远地听见零落的鞭炮声，外屋里大娘"嗒嗒嗒嗒"剁饺子馅儿的声音。虽说是在游击区，倒是很有过年的景象。

突然，剁饺子馅儿的声音猛一下不响了。"屋顶广播"在"广播"了：

"乡亲们，注意啦！鬼子到了东羊平了，大家把大车轱辘卸了，把口袋藏好！不让鬼子抢去一粒粮！鬼子来了就响手榴弹，大家就钻洞……"

"广播"一停，大娘进来对我说："我说洋鬼子不会让老百姓过个安生年，可不，说来就来了！"我说："你家的洞口在哪里？"她说："甭忙，到时候丢不了你！"她说着笑了，不慌不忙地出去插上院门，又"嗒嗒嗒嗒"地剁起馅儿来。

"轰！轰！"响了两声手榴弹。就在这时候，院门擂鼓似的响起来。我跑到院里。大娘开了院门一看，原来是白元。他背后跟着一个十三四岁的小青年。白元对我说："敌人到西羊平了，看样子准来。村里已经布置好了。来了准叫他好受不了！我村的地道你不熟，你找了个作伴的，就是他！"白元把那个小青年往我身边一推："他叫白吉，是我的姨表弟。"没等我说话，白元抽身就走了，回头又对我说："咱们'暗室'里见！"

白吉插上了大门，顶上一个大树桩。接着，他就上了房顶。大娘端着一只油碗，点亮了捻子，在院里站着。

不一会儿，白吉从房上下来了，我问他怎么样？他只悄悄地说了两个字："来了！"

大娘走到牲口圈门口，向我们一招手，白吉和我就进了牲口圈。大娘把油碗递给了白吉，拨开了放草料的木槽。槽座是空心的。白吉端着油碗钻了进去，对我说："跟我下！"我也就钻了进去，一伸脚，差一点儿蹬翻了白吉手里端着的灯碗。大娘忙说："甭忙，给！"她在我手里塞了一把又冷又硬的东西，说："锁、钥匙。木槽底上的横挡上有搭链，把锁锁上。"她说着又把木槽安上了。

我摸摸木槽底上，果然有搭链，我才摸着上了锁。洞里漆黑一团，什么也看不见，白吉不知道已经钻到哪里去了。我往前爬了一截路，就顶住头了，再也过不去。摸摸四边，仿佛都是墙。我想：这怎么办呢？突然，从我的头顶上投下圈昏黄的光来。我抬头一看，上面有个洞，露着白吉的脸，他对我说："怎么还不上来？"我就赶忙站起来往上钻。

上面的地道很低，得爬着走。虽说加了两只手，爬起来却是非常吃力。这才觉得平时直着身子走路是多么舒服。

往前爬着，总是往上钻了一个洞，爬一节，又往下钻进了一个洞，又往前爬。上上下下，转的头昏眼花。我想：要是不紧跟着白吉，那我这一辈子只好老是爬来爬去，再也爬不出去了。

爬着爬着，忽然前面竖着一团亮光，有圆桌面粗，我问白吉这是什么？白吉说这是井。

原来地道在井的半截腰里通过，两头开口，上面搭着块板。我们就在板上爬过井去。白吉说："我们已经在村外了，这就是紧挨着村东头菜园子里的那口井。过了井，我们又爬回村里去。"当我爬到井里，赶紧站起来，一阵小风"飕飕"从井口灌下来。头上是天，脚下是水，空气是格外的新鲜。我深深地吸了几口气。

爬到井那边，一边有一个小窑窝，白吉就叫我藏在那里。他就把搭在井半截腰里的那块板抽了过去。他说："要是敌人也进了地道，这就过不来了！——这可是个宝贝地方，渴了不怕没水喝，又可以透气！"

接着，我们又往前爬，转了几个弯，又要往上钻个翻口了，白吉就说："现在我们到了肚子里了，看你这个样子，得脱掉棉衣，要不，进不了这翻口！"

果然那翻口小得厉害，我光穿件单衣，往上钻的时候还憋了一脑袋汗。里边有六个方桌那么大，有一人高，倒象是个小屋子。我们一上去，白吉就用一块大石板把洞口盖住了。他说："你看这地方多么保险！万一敌人来了，也往上钻，你只要把枪口按在石板上的枪眼里，闭着眼，也是一枪揍死他一个！"

这洞里，还放着铺盖。我和白吉坐在铺盖上靠着墙养神。白吉忽然笑出声来。我问他笑什么？他说："我笑你象那个法国人！"这句话把我弄得更糊涂了，我叫他说说到底是怎么回事？

他说，他们村里紧挨着铁路，有一回，有一个从天津日本人的集中营里逃出来的法国人，逃到咱们冀中区，咱们的人就护送他到路西去。正好到了他们村里，日本人来了，村里的人就领着那个法国人钻洞。他们村里的地道比这村的地道还要复杂，不熟悉的人，一钻进去就钻不出来。领路的人端着只灯碗，让那个法国人紧跟着他。这个法国人也是吃了个子大的亏，爬得很慢，不知不觉就和领路人失掉了联系。他光知道一劲儿瞎往前面爬！爬着爬着前面没有路啦！可是他又不能往后退，后边的人一个紧接着一个，挤得连转身都转不过去，他索性蹲着不动了。这一下可把后面的人急坏了，一劲儿往前挤，把他挤成了一个疙瘩，连气都透不过来。可是人们还是使劲推他："走哇！走哇！怎么不走了呢？"那个法国人本来会说的中国话不多，这时，更想不出一句适当的中国话说明情况。最后总算想出来了，他结结巴巴地大声喊道："没、有、的、了！"人们才知道他老先生失了联系，爬到死胡同里给堵住了！幸好那次日本人没进村子，要不可坏了事啦！

他还说，有个路西来贩布的客人，钻地道的时候也是失掉了联系，整整在地道里爬了四天四夜，最后才从外村的一个猪圈里钻出来。不过这位客人总算是有本事的，胳肢窝里夹的三匹布，始终没有撒手。

类乎这样的故事，白吉一连给我说了好几个，一句话，无非是说他们村里的地道简直是座"迷魂阵"。我就问他：日本人下去过没有？他说，没有，他们不敢下去。可是伪军倒是下去过，是日本人逼着他们下去的。一连下去七个，日本人再也没见一个伪军钻出来，连人带枪全叫我们抓住了。

白吉要和他的表哥去取联系，就揭开盖着翻口的石板，跳下洞去。

突然，传来一阵阵哈哈的笑声，接连着上来了五六个青年妇女，一坐下来，掏出识字课本，念了一阵书。接着就讨论时事，争论得很热烈。其中的一个，见我老是不说话，就问我："同志是山里来的吧？"我说："你们从那点看出我是山里来的？"她说："看你脚上这双鞋子的底子就是个外路人！"我称赞她们的眼光好。她说："连这一点也瞧不出来，就别当'青抗先'了！"我又问她们钻洞还学习？她们说抗战的年代，得抓紧时间，平时忙得很，又要纺线，又要织布，又要做地里活，又要做军鞋……进了洞反倒有了时间，当然要学习呵！她们是一个学习小组的，敌人来了她们就有组织地钻洞。

不一会儿，白吉回来了。说是敌人才到东邸村。他表哥叫我到"暗室"里去看看。我就跟他下了翻口，爬了一节，白吉站直了身子，他回头说："这是战斗地道，你也站起来吧！"我站起来，只要低一低头就能直着身子走。他说："这是为了民兵转移方便。"

我们往前走着，我就说："那些妇女真积极！"白吉说："嗨！野得厉害，她们胆儿大着哩！你没见那个戴白毡帽壳的妇女，她是这村的除奸模范，她亲手抓住过两个汉奸特务！"

上了一截土台阶，我们到了"暗室"里。这"暗室"不在地下，却在地上面，四面是墙。原来是房和房之间的一个夹道。南面的墙上有不少窟窿眼儿。有的是"了望眼"，从那里望见大街上的一切。有的是"枪眼"，从那里就可以向外射击。

白元和旁的游击组员们都在那里。白元说，这是他们的"指挥部"，有着"近代化"的装置。街上埋着"拉火雷"，"拉火线"就在这"暗室"里。从"了望眼"里瞅着，敌人要是从街上过，就拉"拉火线"。

从"暗室"里还可以上房，房上有一个用沙包堆成的堡垒，外面围着秫秸。从远处看，就象一垛秫秸。

我随着白元上了房。在沙包的后面有几个游击组员在守卫，面对着大道口。白元指了指前面一堆白糊糊的屋子，对我说，现在敌人在"北古张"，离这村还有半里地。

在房上站了一会儿，那个"北古张"村口，一闪一闪的电棒光亮成一片。这一回，敌人真的来了。那两个守卫的游击组员，端着枪，聚精会神地瞄准着。白元说："沉着！进了村子再打！"

敌人一到村口，我们就射击了。随着枪声，敌人一下子全趴下了。趁这空子，我们下了房，回到"暗室"里。大概有抽一袋烟的工夫，有一个游击组员从洞里钻上来，向白元报告：全村的群众已经全部转移了。敌人已经包围了村子，正在东头这几家砸大门。

正说着话，趴着从"了望眼"往街上了望的那个游击组员，回头摆了摆手，我随着白元凑到"了望眼"前一看，有几个人影从街角转到这边来，白元把一把地雷的拉火线抓到手里，"拉火线"的头上都拴着一块纸牌，上面写着号码。

随着一阵皮靴声，那几个人影已经到了"暗室"斜对面的一家门口，砸起门来。先是用拳头，然后就用脚踢，叽哩哇啦地说了一阵话，有两个日本兵就去抬了一个喂猪用的石槽来，对准大门，就象打桩似的撞起来。有一个日本兵，两手比划着指挥，嘴里"哇哩哇啦"地喊着。

178

白元把一把拉火绳递给那个在了望的游击组员，接过枪来，架在枪眼上，瞄准大门那边，"砰"的一枪。

那几个撞门的日本兵，一听见枪声，也就从两头赶到这里来，在街心挤成了一个疙瘩。白元压低了嗓音，对那个了望的游击组员说："把八号、九号、十号给我！"那游击组员就拣出三条拉火绳递给了白元。他就接连拉响了三个在街心上埋着的地雷。

"轰隆！轰隆！轰隆！"三声响，震得地皮直晃，房架"吱吱"响。我们的头发上、身上、落了一指厚的土。

我眯着眼，从"了望眼"里一望，一团昏黑，什么也看不见。泥土气，火药气塞满了一鼻子。

白元拍了拍我的肩膀说："咱们钻洞！"

到了地道里，白元分派游击组员们分布到地道的四处去守"翻口"。回头又对我说："看样子，我们可能要转移，到时候通知你！你现在先争取时间睡一会儿！"

我躺了一会儿，就迷迷糊糊地睡着了。突然一片"呼呼呼"的风声，把我惊醒了。醒来才觉得自己还是在地道里。仔细一听，原来是睡在地道里的人们在打鼾，一起一落，凝成了一个响声，听来就象是刮风了。地道里分不出白天和黑夜，在地道的底层，连鸡叫也听不到。总是睡睡醒了，醒了又睡着了。

不知过了多久，白吉把我推醒了，说是敌人已经走了，游击小组正在屋上打他的尾巴。我就随着人们往外钻。

我乍一出洞口，浑身觉得特别轻松，象是全身久浸在温水池子里才出水一般。正在这时候，白吉给我送来一张油印的"捷报"。"捷报"上说：敌人这次出来抢了两天粮食，只拉走了七大车，到离城十二里的小庄子，被我们的区游击小队和临近的各村游击小组卡住了，打了一仗，夺回了七大车粮食。敌人拼死拼活只赶回去了一辆大车，车上装的是敌人的死尸和伤兵。这都是敌人路过各村的时候，被游击小组打死打伤的。

我走在街上，突然觉得空气格外的清爽，只见房上，地下，卖"糖瓜"的担着担子，"当当"地敲着小锣正从街角走来。原来这时候已经是大年初一的下午了。

这一夜的事，离今已经有十多年了，然而在我的记忆里还是那样新鲜，那样令人难忘。

罗盛教

一

"为什么不让我上学？"

湖南省新化县松山乡，有个桐子村。山坡上，星星点点地散布着十来户人家。靠右手角上，有一座小瓦房。那就是罗盛教的家。

罗盛教快八岁的时候，每天大清早，他一出门，总是见那邻居家的小孩，三三两两，背着书包，蹦蹦跳跳地去上学。他也到过学校里，在那里见有好多小孩，摇摇晃晃地大声念书；有时候，就在院子里玩"老鹰抓小鸡"啦，跳石头子啦，罗盛教看了真眼红。

有一天，他就对爸爸说："我也要上学，他们都上学，为什么不让我上学？"爸爸说："咱不和他们比。你长大了再说吧！"他说："我怎么还小呵？快八岁了，我的力气比他们都大！"爸爸皱了皱眉："饭都快吃不成了，还读什么书！"他就嚷起来："我要上学！我要上学呵！"他嚷着嚷着"哇"的一声，倒在妈妈怀里哭了。

妈妈心痛了：囤里的米吃得见了底啦，孩子不懂事，还嚷着要上学……她鼻子一酸，忍住了泪说："读书是好。爸爸没钱，就让他自己教你吧！"

爸爸名叫罗迭开，年幼的时候，读过几年私塾，认得一些字。这天晚上，他从搁板上翻出一本《六宫杂字》来，拍了拍书上的灰尘，点亮了灯。对罗盛教说："来，你不是要读书吗？我念一个字，你就跟着念，要用心，可别白费了灯油！"罗盛教说："好！我念。"他念得很起劲。

从这时候起，晚上，罗盛教跟爸爸认字；白天，还是去放牛。他牵着牛，满山遍野地跑，哪里也去。一面放牛，一面还捎带着割柴。每天回家，总是背着一大捆柴。谁见了也说："看这孩子真有出息！"妈妈也说："我家什么也缺，就是不缺柴烧。这都是雨成（罗盛教的小名）的功劳。"人越夸奖他，他越割得多，屋前屋后，柴垛堆得齐房高。家里的一间空房，也堆满了柴。

牛吃了人家的庄稼

有一天，罗盛教在山坡上放牛。才下过大雨，太阳又出来了。树上草上的水珠子，微微地颤动着，闪闪发光。蓝得发亮的天空，一瞬间，透出了一条彩虹来。好象有一个人，抓起一把大笔，涂上五颜六色，在半空里画了个大圆圈。这个，罗盛教不是见过一次两次了，可是总只见半个圆圈，那半个呢？他就爬上高处去看。爬着爬着，猛一回头，瞅见那牛儿，已经跑到地里，把嘴伸到密密的庄稼地里，竟吃起庄稼来了。

罗盛教冲下坡来，直冲到牛跟前。他一把勒住了拴牛的绳子，"啪啪"给了它两下。

这可怎么办呀？爸爸老是对罗盛教说：放牛的时候，千万要小心，可别贪玩。要是牛吃了人家的庄稼，那可了不得呵！赔了人家，人家也是生气。种庄稼很不容易呵！

他拴了牛，呆呆地坐在山坡上。眼看着太阳下了山，眼看着亮晶晶的星星，从山背后一颗一颗地跳到天上，向他眨巴着眼。

这天，他回到家里，嚼着饭象是嚼着泥块。认字的时候，爸爸说他："今天怎么啦？记性叫狗吃啦？妈妈摸了摸他的额角，觉着有些发烫。罗盛教一句话也没说就上了床，紧闭着眼睛，一动也不动。可是他并没有睡着。

做错了事情，还瞒着人家，那是最难受的事了！

第二天一早，他牵上牛，匆匆忙忙地到了昨天被牛吃了庄稼的那人家。这家的婶婶，正在门前站着。罗盛教走上前去。话到嘴边又咽了下去。他呆了一会儿，定了定心才说："婶婶，我不小心，牛把你家的'阳春'吃了一小片，你罚我吧！"

婶婶看见他的眼里含着泪，就摸了摸他的头，说："不罚，下次小心些好了！"罗盛教听了这话，反到忍不住哭了。

直到几天之后，他一想起这件事心里还难过。

不准欺侮人

离桐子村不远，有一个水塘。夏天，罗盛教常和旁的孩子在塘里游水。他最喜欢捏住鼻子，从这一头钻到水里，又从那一头钻出来。在水里睁开眼，看得见甩着尾巴游来游去的小鱼。

有一个小孩，名叫楚才。他爸爸是个地主。他常见爸爸欺侮人，自己也就学了这一手。他常到塘边来捣乱。

这天，他又来了。拾了块石头，往塘里一扔，"扑通"一声，把孩子们吓了一跳。孩子们仰面一看，只见他背着手，弯着脖子，看着远处，装做没事儿的样子。

孩子们没理他。可是他还是接连着往塘里扔石头。这一下子把孩子们惹火了，冲着他嚷起来："你有本事，下水来！别装傻！"他也嚷："你们有本事上岸来！"嚷着，嚷着，又扔来一块大石头。两下就吵起来。

罗盛教闷声不响，扎了个"猛子"，到了对岸，冷不防地跑到楚才面前,那小家伙还在嚷呢。罗盛教对他说:"来来,下水喝口清汤!"楚才一见是他,抱住脸拔腿就跑。罗盛教并没有追。孩子们故意嚷着:"追呵追呵!快追上了!""抓住他,抓住他!"吓得楚才四脚朝天摔了个大元宝。"哇哇哇"哭着走了。罗盛教说:"看着吧,他再也不敢来捣乱了。"

开荒

罗盛教的爸爸平时就不爱说话。这些日子他连哼也不哼了,脸上阴沉沉的,他一会儿往床上一倒,才躺下一骨碌又爬起来;妈妈也老是愁眉苦脸坐在门槛上。罗盛教问:"你们怎么的啦?"爸爸冷冰冰地说:"别多嘴!"罗盛教觉着胸口象是叫什么堵住了似的。他早上爬起来,喝口汤,一擦嘴,牵上牛就走远了。他真怕回到家里来。

不几天,爸爸把牛卖了,把三亩多田也当了。

原来罗盛教家里有五亩六分水田,三亩五分旱地。省吃俭用,日子还能过得去。可是国民党的苛捐杂税,一年重似一年;再加上家里盖了三间房子,一下子就欠下了十石谷的债。每年才打下粮食,一装进口袋就得扛出去还债。这几年,恰好又碰上了荒年,不卖东西眼下就活不成啦。

卖了牛,当了田,大半个光景没有了,罗迭开就带上罗盛教去开荒。那年,罗盛教才八岁,个儿还没有镢头把高。

每天每天,鸡儿一叫,父儿俩喝碗米汤,润润肠子,来到山坡上。爸爸挑土,他就上土。父儿俩一镢头一簸箕地开着荒。有时候,罗盛教累得胳膊腿都软了,饿得心慌。爸爸看出来了,就说:"乖,歇一会儿再干吧!要吃饭,就得下苦力气呵,地里自己不会长出东西来。"罗盛教一听这话,就提起精神干下去。

整整三年,镢头把都磨光了,才开出了一亩二分地。

凤仙花

度过了荒年，罗盛教十一岁了。爸爸借了几个钱，送他进了学校。

教室门前，种着菊花和凤仙花。罗盛教一早到学校，放下书包，就到老师房里，用老师的脸盆端水去浇花。他常拿着一根小棍，放在花旁量一量，看看长高了多少。花儿长得真快，昨天还"闭着眼"，今天全开了。一天，他一早进了学校门，看见萧学堂手里拿着一朵凤仙花，一下他变了脸，伸手就把萧学堂手里的花夺过来，问道："这花是给大家看的，你为什么摘了它？"萧学堂说："它自己掉下来的。"罗盛教一句话也没说，就不再理他了。

萧学堂是他的好朋友，按辈份说，罗盛教要叫他舅舅。他俩在一张桌子上读书，合用一个砚池，吃一个杏也是一人一半。可是，罗盛教从此就不理他了。萧学堂给他东西吃，他摇摇头；拉他去玩，他一转身就走得远远的。萧学堂哭了，问他："你为什么不和我好了？"他说："嫌你说谎。"萧学堂说："我不说谎了，花是我摘的，下次不了。"罗盛教这才又和他好了，说："你以后再说谎，我就再也不理你了。"

去见见世面

罗盛教在学校里念的是老书，书名《幼学琼林》。老师只教字儿的声音，不讲这些字句是什么意思；还常常教别字。书里有一句话叫"功亏一篑"，他念成"功亏一笼"。罗盛教记得念过这个字，心里疑惑。他回到家里，就拿着书，去问旁人，一连问了几个人，谁也说"篑"字不念"笼"念"愧"。第二天，他把这事对老师说了。可是老师还是说这是"笼"字，还说："旁人念什么音我不管，反正我念'笼'字，你跟着我念就对了。"

罗盛教觉得这个老师不讲理，这样念下去没多大意思。

一九四五年，罗盛教刚满十四岁。这年冬天，他叔父从所里镇回到桐子村，让他到所里镇去。他高兴得了不得。可是，爸爸不乐意，觉得他走了，没人帮他做活，生活有困难。

罗盛教一心一意要到所里镇去，他要去见见世面。他小时候在山上放牛，一眼望去全是山，不知道山的那边到底是个什么样子。他白天黑夜地向爸爸要求到所里镇去。最后，爸爸答应了。

临离家的那天晚上，罗盛教心里反倒有点舍不得了。他回想到许多事情：在山坡上放牛，跟爸爸开荒，到河里去游泳……这一切，多么美好呵！

第二天，天不亮，妈妈就起来做饭。从箱子底里摸出了几张钞票替他缝在衬褂的口袋里，另外还给了他几个零钱。吃饭的时候，他吃了几口，就饱了。妈妈的眼睛老是盯着他。他硬着头皮吃完了一碗饭。爸爸默默地一句话也不说。直到临走，爸爸才说："离家远了，不要想家。出门在外，少说话，多做事。心要正，交朋友要讲义气。要是有机会，要下苦功夫。"

罗盛教背着一把雨伞，一个小行李卷，一双鞋，一身换洗的衣服，跟着叔父离开了桐子村。

二

向算术进攻

罗盛教的叔叔，在乾城里所里镇开瓷铁器铺子。罗盛教到了那里，白天帮助照顾店里的生意，晚上跟叔叔读书。过了半年，他进了第九师范附小六下班学习。在这以前，他只读过一年半书。因此，他学习很吃力。最困难的要算是算术了，加减法他还懂得一些，乘除法就弄不清了。更不用说应用题了，什么"鸡兔同笼"啦，"和尚分馒头"啦，好象是有意和他为难。

第一次考算术，他只考了五分（满分是一百分）。老师在试卷的右角上，画了一个鸡蛋和一双筷子，意思是说，应该吃"鸡蛋"，五分是白送的。

这怎么办呵？他想，除了下苦功，没有旁的好办法！上课的时候，他稍稍有一点不懂的地方，就请老师再讲解。一下课，他就拿着书到老师房里，问这问那一直问到完全懂了才完。有些同学笑他说："傻到底，问到底，没有本事，就不要进六年级下期。"他想，这有什么了不起！我只是家里穷，少读几天书。人和人能相差多少，你们用一分功，我用十分功，不怕赶不上你们。咱们往后瞧。

他把算术课本上的习题，从第一道题起，不管会算的难算的，一道一道往下算。人们总见他石板不离手，擦了又算，算了又擦。他算着算着卡住了，就问人，不懂，再问。他的算草本上，老师在哪道答题上打了个"×"，他马上在旁边重新算一遍。

学校里每星期公布几道难算的算术题，让学生们演算。题目一公布，他抄了题目，坐下就算，直到把每道习题都算完了，才站起来。看他的样子真吃力，象是爬一座高山似的。人们说："这人真是有狠劲儿。"

到第三次考算术，题目真难。老师批了卷子，对同学们说："这次，全班二十一个人，只有三个及格的。"大家就猜这三个人是谁。可是谁也没有猜到，这三个人里边有一个就是吃过"鸡蛋"的罗盛教。他得了七十五分。

有一次，学校里举行算术比赛。罗盛教的成绩很好，得了奖。大家让他讲讲学算术的经验。他说："没有可说的。我是一个笨人，不懂就问，拿到一个题目，算不出来就不放手，别的没巧。"

榨油的声音

有一年寒假，一天，天刚朦朦亮，他在床上忽然听到近处油坊里沉重的榨油声。他想，油坊里的人一定要从这时候起来，一个劲榨到晚上，才能榨出那么多的油来。要是有一天起晚了，或是榨着榨着不榨了，那么油也就榨不够数了。学习、做事也应该坚持到底。他用这个意思，作了一篇文。从此，他一听到榨油声就起床。还给自己编了一张"作息时间表"，规定得很仔细。一早起来，先是运动（他在另一篇作文里说："身体不健康，一切都落空。"）接着是算术、国文、习字……一直排到晚上睡觉。

每天，他不让自己浪费一分钟。不论大事小事，他都很顶真。就看他记笔记、习字，也是这样。有些少年朋友，用一本习字本或日记本，第一页总是写得很漂亮的。可是越往后就越潦草，甚至画起小人儿来了；用不到半本，就不要了，又用一本新的。可是，罗盛教的日记本、习字本正相反。从第一页第一个字起，直到末后一页最后一个字止，总是写得规规矩矩，一笔也不潦草。

"童子军"课分数常常是"０"分

罗盛教高小毕业以后，不久，就进了省立第九师范。

在"九师"，有些事情，真气死人。

有一个姓舒的童子军教官，这个人，一脑瓜的法西斯思想，非常野蛮，动不动就打骂学生。同学们背地里叫他"舒老狼"。他常瞪着眼，一顿一顿地对学生们说：

"你们、必须、完全、绝对、百分之百地、服从我！"

"我说这是白，"他指了指黑板，"那么，你们也就必须说这是白的……"

罗盛教一见这个"舒老狼"就觉得刺眼。上课的时候，他就做旁的事情，他讲他的，我干我的。"舒老狼"看出来了，就老挑他的毛病。说他坐没坐相啦，说他眼里没有老师啦……罗盛教连看都不看他。"舒老狼"下不了台，就咬牙切齿地对他说："好，好！罗盛教！你的童子军分数，我一分也不给！"

当真，罗盛教的童子军课常常得"０"分。

该说话的时候说话

　　罗盛教在学校里平时很少说话。当有些同学聚在一起闲谈，什么谁谁买了一双球鞋，真漂亮；谁谁的爸爸穿得真阔气；星期天吃了什么好东西，真有味道……他一听这些话，就走得远远的。他不是不爱说话，他觉得尽谈这些鸡毛蒜皮没意思，听了也腻烦。他也很少和人开玩笑。有些爱开玩笑的同学，见他穿得不好，说话又是一口新化口音，就想找一句什么话和他开开玩笑，可是，他总是默默地瞅他一眼。不知道怎么的，想和他开玩笑的人，一见他的眼光，话到嘴边，卡住了。有人就说："这人真别扭！"这句话，不完全对。说他"别扭"，要看他对什么事，对什么人。

　　校长吴学培的老婆宗世芝，是女生指导员。她常常故意和女同学过不去，说些不三不四的话。有些个男同学中了毒，也就常常欺侮女同学。

　　有一个叫唐世章的，最爱欺侮女同学。有一次，他把一个女同学的凳子偷偷地藏起来，弄得那个女同学只好站着上课。老师就问她："你的凳子哪里去了？"她说："我一进教室就没有了！"旁的同学谁也不哼气。可是，这个往常一向不爱说话的罗盛教，这时候站起来说话了。他指着唐世章说："唐世章，你笑什么？还不把凳子拿出来？要是她是你的姐姐妹妹，叫她站着听讲，你心里怎样？怎么啦？说话呵！"问得唐世章低下了头，红着脸把凳子找来了。

　　全班同学的眼睛都很兴奋地望着罗盛教。

越想越糊涂

　　"九师"的校长吴学培，也是一个混蛋。他成天盘算着怎样弄几个钱。说他是个"校长"可真不象，说他是个奸商还差不许多。可是他还满口"仁义道德"，装成个"正人君子"的样子。还有"童子军"

教官"舒老狼"、宗世芝……这些人,让他们来教育青年,能教出个什么名堂来呢?他越看越不顺眼。可是,他想不透,为什么这些人神气活现,没人敢惹。

有些事情真叫他越想越糊涂。有一天,他在街上过。街上的人很多,挤得腿碰腿。有一个担水的工人,担着满满的一挑水,一边走一边嚷。他前面走着个人,那担水工人嚷破了嗓子,他也不让路。一不小心,水把那人的鞋跟泼湿了。那人回过头来,伸出五根胡萝卜似的手指,向那担水工人劈脸扇过来!顺脚踢翻了一桶水,水泼了一街。那人才皱皱眉,迈着八字步,横着膀子走了。

罗盛教看在眼里,心里气得"突突"跳,罗盛教就让那担水工人到"警察所"去告状。那担水工人说:"去也白去,弄得不好,还得坐几天班房。"

罗盛教打听好了那恶霸的姓名和下落,自己就到"警察所"里。

罗盛教说着担水工人被打的事。警察所长爱理不理地眯着眼,没等他说完就问:"伤了人没有?"罗盛教说:"不伤人你们就不管?"所长说:"是的。连一个担水夫挨了两下耳光也要来告,那所里就不用办公了!"罗盛教说:"那么你们管什么?"所长说:"那你管不着!"罗盛教说:"你们讲理不讲理?""讲理?不是对你说了吗?我们不管!"所长麻烦了,掏出一支烟来,叼在嘴里。罗盛教正要和他争论,听见天井里一阵笑声:"哈哈!小杜在家吗?"那所长赶忙站起来,连声答应,迎了出去。罗盛教一看,进来的那人,不是别人,正是那个打人的恶霸。所长见了他"嘻嘻哈哈"亲热得了不得。

罗盛教"腾腾腾"地走了出去。心里真气愤,呵!这是个什么世界!

一九四九年的上学期,湘西闹土匪,校长吴学培到长沙去领经费,趁这机会卷款溜跑了。学校也就停课了。罗盛教眼看就要失学,真是苦恼得很。他想前想后,越想越糊涂。

他原想自己有了知识,将来至少不再受气挨饿。现在看来,也不保险。就说师范毕业了,也还不免挨饿。什么富国强民呵!为社会谋福利呵！在这样的一个社会里，好比是白天说梦话。可是，出路到底在哪里呢？

三

"要革命就不能怕困难"

一九四九年九月，沅陵解放了。罗盛教进了湘西军事干部学校。学校就在沅陵城西原来的沅陵中学里。那时候，全国还没有全部解放，地方秩序也还没有安定下来，出城一二十里的地方，就常有小股土匪来捣乱。当时吃的用的都很困难，再加上学校的房子都被大水泡坏了，弄得东倒一堵墙，西裂一条缝，桌子板凳也都是断腿缺胳膊的，真是要什么没什么。

从各地来学习的人越来越多了。最多的是学生，也有一些是在国民党反动政府里当过小职员的。人们没来这个学校之前，对这个学校，各有各的想法。当然，最大多数的人来上学，是为了革命。可也有人是来看看解放军办的学校到底是怎么一回事；也有人以为军事干部学校就和旧式的大学差不多；也有一些人，以为进了军事干部学校，将来就可以升官发财。这些人一看学校里眼下这个样子，就泄了气，觉得进退两难。

正在这时候，学校里召开了动员大会。校部的负责同志对大家说：现在咱们学校里的困难很多，吃的是白菜汤，糙米饭，穿的是老粗布；一刮风，屋子里也刮风；一下雨，外面雨停了，屋子里还不住点。设备更谈不上，连块黑板也没有。可是我们还得好好地进行学习，保证学习计划胜利完成。这怎么办呢？办法就只有一个，就是要靠咱们每一个同学的双手，来克服这些困难。因此，咱们这个学校上的第一课就叫做"劳动建校"。这对我们每一个同学来说，是参加革命以后的第一个考验。考验考验咱们有没有克服困难的精神，也可以说是考验考验每一个同学有没有参加革命的决心。咱们整个的革命事业，就是从无到有，白手起家的。要革命就不能怕困难。过去老红军二万五千里长征，爬雪山过草地，啃皮带啃草根……这么大的困难也都克服了；和这一比，眼下的困难算得什么？只要咱们团结一心，艰苦奋斗，咱们一定能胜利！

这一番话，象是一把大火烧着了万重山，大大地鼓舞了同学们的革命热情，雷轰也似的鼓起掌来。

罗盛教想：这话太对了！连眼下这么点困难也克服不了，还算是参加革命吗？

"开路先锋"

说话，同学们就七手八脚地干起来了。不几天，学校变了样：倒了的墙竖起来了，裂了的缝合了口了；窗上的玻璃，擦得闪亮；墙上刷得雪白，破院子变得平平坦坦；路的两旁还用碎砖砌成了锯齿形的边。看了真叫人心里舒坦。

同学们越干越有劲了。全校一千多人分成几个大队，每个大队分成几个中队，每个中队又分成几个班。大队和大队，中队和中队，班和班，都分了工，接着就展开了竞赛。

从学校到运动场，中间隔着一条河沟。桥在远处，同学们到运动场去，就得绕道走，很费时间。队部决定在近处搭一座桥，并分配罗盛教他们这个队去搭。

这队的同学砍倒了一棵大树，用来做桥梁。可巧大树滚到沟里去了。大家就在树上栓了一根绳子。一大群人，小个在前，大个在后，拉住绳子，排成一长串，象拔河似的往上拉。大家一面拉着，一面大声地喊着：

"嗳唷！嗨唷！用力拉呵！"

"拉上大树好搭桥呵！"

喊声象唱歌一样，人们随着喊声的起落，往后一耸一耸地拉着。

可是那棵大树不听话，还是一动也不动地在河沟里躺着。

歇歇拉拉地过了两三个钟头，大树还是没有拉起来。天可已经黑了。

第二天下午，大家又去了。开头，还是象昨天那样，摆开了阵势，拉了一阵，大树还是拉不上来。大家只好瞪着眼干着急。

罗盛教想，这拉到什么时候才能拉上来呢？要是有几个人下到河沟里，把大树抬起来，岸上再有人拉着，一定就拉得上来。他想着，瞅了瞅河沟，只见水面上结着一层透明的薄冰，水在冰下"潺潺"地流着。这时候，正是腊月，穿着棉衣也不觉暖和。下水去吃得住吗？这不就是困难吗？在困难的面前应该怎样呢？

"对！下水去！"罗盛教脱下棉裤，光剩下了一条裤衩。好家伙，可真冷！腿上马上起了一层鸡皮疙瘩。他双手搓了搓腿，就向沟边跑去。还有两三个年纪较小的同学，也都剥下了棉裤。有人就说："你们疯啦！干什么呀？"

罗盛教回头向大伙儿一挥手，嚷道："同志们！下水来抬吧！"

"扑通！扑通！"罗盛教和几个同学一齐跳到河沟里，水齐到大腿根，冷得咬人。

这一下，说话就有二三十个同学跳到河沟里，挤挤嚷嚷，一眨眼，就把那棵笨重的大树拖上了岸。大伙儿的劲越来越足，不到两个钟头，就把桥搭好了。

队部为了表扬他们这种克服困难的精神，奖给了一块匾，上面写着"开路先锋"四个红字。这块匾，就挂在桥头上。

默默地做事

罗盛教还是那个老脾气，不爱说话。大清早爬起来，悄悄地跑到院子里，就不声不响地扫起地来。起床号一响，院子已经扫得干干净净。同学们起了床，准备去打水，水桶不见了！不一会儿，只见罗盛教提着满满的一桶水来了，他放下水桶，又是一声不响地忙别的去了。

区队里种着一个菜园子。每到浇粪的时候，罗盛教总是在前一天就把粪桶借来了。那时候,大家常常去打柴,很多人不会搓捆柴用的绳子。罗盛教就搓了不少绳子,见谁没有绳子,不用人开口,他就送一条去:"给!这里有一条。"

并且他总是找些麻烦的事干。比如盛过饭的簸箕,饭粒嵌在簸箕缝里,要洗净,很费事,有些人就愿意洗盆子。可是,他就不怕费事,他把簸箕拿到河沟里,把簸箕缝里的饭粒一粒一粒挑剔出来,洗得干干净净。

有些同学做了事,总怕人家不知道;罗盛教总是默默地做事,可是人们都知道。每天晚间点名的时候,队长老是表扬他。逢这时候,罗盛教总觉得不好意思,脸都红了。唉!扫扫院子,搓几条绳子,那又算得什么呵!

看小说

学校里还没有正式开课的时候,罗盛教在同学那里借了本旧小说。一看,就上了瘾。星期天,同学们都出去耍了。他可不去耍,在院里找了个暖和角落,坐下就读。指导员在他的背后看了半天,他还不觉。指导员见他那个入迷的样子,就问:"这是什么书?"他猛一下站起来,转过身去,见是指导员,他就翻书的封面让指导员看。指导员一看是本不好的旧小说,不觉一楞。可是马上笑着问道:"这书的内容好不好?"他连说三个"好"字,把书一拍说:"有意思透啦!"指导员就问:"好在哪里?"他就说:"说的尽是替穷人打抱不平的事。把坏蛋杀绝了。那些侠客真有本领,在瓦房上飞跑,一点声音也没有……"他说着只见指导员老是笑着不言语。他就问道:"那么,你说这书好不好?"指导员摇了摇头:"依我看,这书有毒!"罗盛教急忙地问道:"什么?"指导员象是给大家讲话时那样慢条斯理地说开了:

"首先,在旧社会里,劳动人民所以受压迫,是因为社会制度不合理。劳动人民要翻身,必须首先推翻这个不合理的社会制度。这就需要千百万群众团结起来,坚决地和反动统治者斗争,才能办到。单凭几个侠客是成不了事的。只有人民群众自己才能解放自己。而这些书正好相反。它对人们说：'熬着吧！受气挨饿不要紧，再说凭你们自己也顶不了事，只有等待本领非凡的侠客出来，就会替你们打抱不平。'因此，我说这些书有毒！

"其次，你再看看那些侠客，背后总是有个后台老板，那就是所谓'清官'。那些'清官'又是干什么的呢？一句话，他们本身就是反动的统治者。他们和所谓'坏官'、'坏人'的区别，仅仅是手段不同。他们有时出来主持'正义'，其目的是为了平息民愤，为了欺骗人民。也正是为了巩固反动的统治。"

罗盛教听着指导员的话，心里一亮，脸就红了，象是自己做了什么错事似地说："唉，我怎么发现不了这些问题，我的思想太落后啦！"指导员说："不要着急。谁也是一样，只要不断地学习，只要在革命斗争中不断地锻炼，就能提高自己的思想水平。有工夫多看些好小说，最近阅览室里到了不少，你可以找来读一读。"

罗盛教忙掏出笔记本来说："你快给我介绍几本！"指导员说："象《董存瑞舍身炸碉堡》啦，《革命烈士传》啦，都是很好的书！"

罗盛教忙把书名记在笔记本上。向指导员敬了礼，"腾腾腾"地跑到阅览室里去了。

"董存瑞舍身炸碉堡"

罗盛教按着指导员介绍的书目，读了一本又一本，象是一个硬饿了三天的人，手里端了一碗热气腾腾的干饭，怎么也放不下了。"唉，我懂得的事情实在是少得可怜！该用多大的努力来充实自己呵！"他激动得甚至有点痛心。

书中的英雄深深地感动了他。

他想：董存瑞，他在残酷的斗争中间，忍受着一切的痛苦，但他总是愉快的，尽力来战胜一切的困难，鼓舞大家前进。

他在敌人面前，如同一只猛虎，可是在人民中间，却如同一只柔顺、勤劳的耕牛。他工作、战斗……永远不会疲倦。

当在不牺牲自己、就不能取得战斗胜利的时候，他毫不犹疑地交出了自己年轻的生命。

他想：董存瑞也和自己一样，是一个普普通通的青年，可是他完成了惊天动地的业绩，是一种什么力量支持着他的呢？

他合住书本老是想。想着想着也就明白了！就因为董存瑞有着远大的理想，深信共产主义事业一定要实现。为了实现这个理想，哪怕粉身碎骨也在所不辞！更重要的是：他能随时随地不论大事小事，都要想一想，这一件事是否符合革命的利益。符合，就坚决地去做；不符合，就坚决不做。这就必须严格地要求自己，约束自己。在日常生活里边，在工作、学习、战斗里边，锻炼自己的意志。"我能象他那样呀？"罗盛教问自己。他觉得也能那样。他感到从董存瑞的身上得到了巨大的精神力量。

记笔记

不久，学校开课了。上课没有课本，也没有讲义，全凭记笔记。罗盛教听着课，觉得教员讲的每一句话都很重要，他想把每一句话都记下来，可是钢笔不听他的指挥，记了前一句，丢了后一句，总是跟不上。他想：要是现在不抓紧机会，多学一点东西，将来出去工作，困难就更多。将来想温习温习学过的东西，一翻笔记，连自己也看不懂，那真是糟糕透了！于是，他在每次下课以后，就把记得详细的笔记借来，和自己的笔记对一遍，有漏的地方就补上去，然后再整整齐齐地重抄在另一个本子上。

天气越来越冷，钢笔都拿不住了，有好多人也就不记笔记了。罗盛教就改用铅笔来记。可是，常常写着写着，"叭"的一声，铅笔尖就断了。于是，他预先削了几支铅笔，断了一支，就换一支。

渐渐情形变了，当同学们觉得自己的笔记记得不详细的时候，就借罗盛教的笔记来抄。在全队评比笔记的时候，罗盛教的笔记被评为最好的几本里边的一本。在同一个班里，虽说有许多文化水平比他高的人，可是大家还是选了他当学习小组长。

在小组学习讨论会上

罗盛教在开小组学习讨论会的时候，总是坐得端端正正，精神很集中，话可说得不多。他给自己规定了一条规矩：自己不懂得的事决不瞎说。当他担任记录的时候，一点也不肯马虎。要是人家的话说得不清楚，或是他没听明白，就说："请你重说一遍。"他要求人家也象他那样去做。他看见人家记得太潦草，或是记错了，他就要求改正。人家说："又不是什么大会的记录，又不拿去登报，何必那样认真？"他就说："不行。既然记了，就必须对发言人负责，要是他说他的，你记你的，那就不如不记。"

说完，两眼一动也不动地盯着人家，意思是说，你怎么还不修改呵？人们知道扭不过他，只得照办。因此，有些人觉得这个人真别扭。马虎的人和他在一起，常常会弄得手足无措，只有自己振作起来。

"白毛女"

当学校里学习土地改革政策的时候，部队上的文工团到学校来，在广场上演出了歌剧"白毛女"。一千多同学挤在广场上看戏，静悄悄的一点声音也没有。只听得此起彼落的一片啜泣声。散了戏，有好多人的眼睛都哭红了。同学们回到宿舍里，议论纷纷，都觉得受到了一次深刻的阶级教育。可是也有人笑嘻嘻地满不在乎。有一个姓周的，还说起风凉话来，他说："你们真是感情丰富。"罗盛教就问他："那么你看了这戏有什么感觉？"他说："戏演得不错，布景很不坏，灯光也好。演员也卖力气。特别是那个演黄世仁的,演得很有风趣……""你说什么？……"罗盛教没等他说完，就卡断了他的话。"你倒还羡慕黄世仁。你有没有心肝？嗯？"那姓周的说："这是看法不同，你不能勉强我！"罗盛教气虎虎地说不出话来。半天，他才说："好！明天咱们在小组会上讨论讨论。"

第二天开小组会的时候，大家严厉地批判了那个姓周的。他一看来势不妙，就干脆不说话了。——后来才弄清他的父亲就是一个恶霸地主。他自己是一个投机分子。他到军事干部学校来，就是来躲风的。经教育无效，后来学校就把他开除了。

在小组会上有些同学虽然也同情"白毛女"，痛恨黄世仁，但是对整个地主阶级的认识，还是模糊的。有人说：象黄世仁这样的地主实在可恶。可是地主里边也有善人。比方说：有的地主修桥、铺路，冬天施粥，夏天施茶……罗盛教听了这些话，憋了一肚子气。他几次想起来狠狠地反驳他们一顿。可是他耐住了。他明白自己有个"毛病"：听到了这些容易感情冲动，不是说了三句就卡住了，就是说着说着不管三七二十一，什么话也说得出来，常常弄得人家下不了台。一直憋到快散会，他才起来发表意见。他说："地主里边也有善人"这句话要看谁说的。要是地主说这话，那就不足怪。这话可一点也不象一个革命战士说的。请问：地主修桥、铺路、施粥、施茶，他哪里来的钱？还不是农民的膏血。这好比杀了你的头，让他舔他刀上的血，你还说他好。这才是活见鬼！真该擦擦你脑筋上的油腻！他自以为自己的话说得很温和，可是早有几个人红着脸抬不起头来了。

和他在一个小组的人，有好些大学生、高中生，论文化，罗盛教没法和他们比；论年纪他们也比他大，论口才，他更比不上，平时说话，总是三句半就没得说了。可是一碰到这些问题，谁也不象他说得那样干脆、尖锐极了。直到后来大家学习了土地改革政策，初步树立了阶级观点，人们才深深地体会到：同是一个革命青年，阶级出身的不同，在思想上、生活习惯上的区别可真大呵！

"起来，换药！"

罗盛教有一颗火热的心。

有一个同学长了一身疮，到医务所领回了一些药来。罗盛教每天一到临睡觉的时候，就去找他上药，仿佛比那个害疮的人还有记性。一去就说："起来，换药！"接着他就帮那人洗疮口，挤脓，上药。他挤着疮口，老是怕人家痛，一见那人动一动眉毛，手就软了。紧忙地问："痛不痛？痛可就说话，我的手可是硬呵！"旁的话，他没有。有时候，他也想说几句安慰人家的话，可是，怎么也想不出来，他自己也觉着怪别扭，心想："唉！我这个人，怎么搞的呵！"

吃饭的故事

那时候，湘西一带解放不久，恰好又遇到了灾荒，再加上土匪的捣乱，运输很不方便。这样一来，粮食就很不足。湘西军事干部学校的同学，每天只有吃糙米，每人还要节省出一两米来救灾。因此，有时候，饭就不够吃。

罗盛教每顿总是尽量少吃。他总是想：我的身体好，从小就挨过饿，少吃几口不要紧，不能和旁人比。有一次，他正好去添饭，只见剩下的饭只够大半碗了。他刚好走到饭簸箕跟前，有一个年纪比他还小的同学，正端着空碗，兴冲冲地走来。一下，他就停住了，把空碗抬到齐眉高，侧着碗，用筷子连往嘴里扒，腮帮子鼓得高高的，装做碗里还有满满的一碗饭。他这样做，唯恐那个人发觉了。直到那人盛了饭走了，他才放了心。可是，这件事，还是被旁人发觉了，受到了"队前表扬"。后来，在同学里边，几乎就成了一种风气：吃饭的时候，大家总是让来让去。

四

他担任了侦察队的文书

一九五〇年三月，罗盛教在湘西军事干部学校毕业之后，就到中国人民解放军某部侦察队文书训练班学习。不久，他加入了中国新民主主义青年团。毕业以后,他被分配到侦察队去当文书。

他一着手工作,就碰到了很多困难。他对部队生活很生疏,连枪支、弹药的名称都弄不清楚。对文书业务也不熟悉。

有一次团里开文书会议,军务科长对罗盛教说:"你看看人家作的统计表,多清楚,一看就明白。再看看你的,有些地方,还得琢磨琢磨才能明白。"罗盛教看看人家写的统计数字,那真是没有话说,不光统计得精确,就连数目字也写得很清楚整齐。他想,这样的统计表,既不出差错,又能让首长一看就明白,不会浪费首长时间。我也要这样做。于是,他给自己定下了一条纪律,统计数字一定要校对两遍。他一有了时间,就练习写数目字,一张张的纸上全是123456789……

不久,部队出发剿匪了。为了行动方便,决定非战斗人员都不去。可是罗盛教再三要求参加剿匪。他说:"我才从学校里出来,没经过什么锻炼,我希望能够和战士们一起去剿匪。同时,熟悉了连队的实际情况,对文书工作一定有帮助。"指导员答应了他的要求。

自从罗盛教参加剿匪以后,业务上就有了很大进步。无论什么时候,连长指导员问他哪一个排、班有多少人,有多少武器、弹药,他立时能答得上来。甚至连有些战士的枪支号码他都记得清楚。

英雄战士

这个侦察队打仗是有名的。湘西土匪头子陈士贤、杨清漳、宗官荣……都是他们捉住的。湘西的大山很多,什么"七十二道湾"啦,"气死老板娘"啦,光听听这些山的名字,就知道山路的难走了。为了袭击土匪,他们有时就在下着暴雨的黑夜出发,并且专拣小路走,有些山上没有路,不管坡多陡,树多密,他们就硬往前走。有一次他们半天一夜走了一百四十里,把一股土匪全活捉了。战士们回到队部,浑身湿得好象是从水里钻出来的。

可是从来没听见一个人叫过苦。斗争越是艰苦,精神越足。

平常的日子,从起床到熄灯,他们没有闲着的时候,上操、上课、开会……。部队一到哪个村子，哪个村子马上就变了样。院子里、大街上打扫得干干净净，哪家住着部队，哪家的水缸里的水总是满满的。

部队的生活，很对罗盛教的胃口。他觉得和这样的战士在一起生活，真可以说是幸福。在这样的队伍里当一个战士再光荣不过的了。

和战士们打成一片

罗盛教常对战士们说："要是没有你们老战士英勇作战解放江南，我就参不了军。现在我也可以帮助你们一点，写个家信啦，抄个笔记啦，用着我的时候，就说话。"

他一有空，就去接近战士。见战士们打篮球，他就跑去当裁判员，给大家讲篮球规则。见战士们喜欢唱歌，他就自己做了一把胡琴；其实他哪里会拉胡琴，但是他想战士喜欢这个，他就学着拉，拉着拉着也就学会了。

战士们看这个文书很能吃苦，没有一点旧知识分子的架子。虽然他不大爱讲话，可是大家都很喜欢他。战士们一见他有空，就去找他。战士们说：罗文书每天有三件事：不是看书就是看报；不是写就是算；深入班里和战士们打成一片。

不久，部队由湘西到长沙。因为罗盛教能钻研业务，工作上很少发生错误，生活艰苦，能和战士打成一片，部队给他评了一次小功。

我们有了群众就有了力量

那时部队在湘西剿匪，总是每次都能胜利完成任务。有时候要出去抓一个土匪头子，连他在哪里藏着，是个什么模样都不知道，光知道他的姓名。可是，侦察队一下决心要抓住他，他就跑不掉了。罗盛教对指导员说："咱们侦察队真棒！"指导员说："光凭咱们侦察队可办不了事，离开了群众，就和瞎子一样。要不你怎么知道那些土匪头子在哪里躲着？就拿张达之这个土匪头子来说吧，他可躲得严实哩。躲在一个枯井里，井上面还让人盖上木盖，堆上柴草，他以为没有比这再保险的了。你看光凭咱们侦察队怎么会知道呢？可就是那些送他到井里去的老百姓跑来向我们报告了。我们有了群众，就有了力量。"罗盛教想：一点也不错！我们的部队就是为老百姓打天下的，我们部队里的人也都是老百姓的子弟，因此我们时时处处要替老百姓打算，要帮助老百姓。他在军干校的时候就知道这个道理，可是现在认识上就更深刻了。

母亲的心

侦察队在湘西乌宿时，罗盛教他们的房东刘老太太是个军属。她见了部队上的同志总是亲热得很，问冷问热，拉住手儿不放。她常说："我见了你们，就象是见了我的儿子一样。你们男子汉粗手粗脚的什么也不会，有个缝缝补补、浆浆洗洗的，尽管拿来，我不让你们作难。"

这地方离水远，挑一担水要走半里地，还要上下坡。罗盛教知道刘老太太家里人手缺，于是就去替她挑水。哪知道水缸早已挑满了。罗盛教就问她："你一早就把水挑满了？"她说："哪里！还不就是你们帮忙挑的。你们那个同志来帮我挑水。我对他说我自己会挑，别看我上了年纪。哪里拗得过他呵！他连话也没说，抢上水桶就跑掉了。"

第二天刚吹起床号，罗盛教就起来了，把刘老太太家的水缸挑满了。一有空就到田里去帮助刘老太太做活。刘老太太总是说："唉，解放军真是老百姓的队伍，这都是毛主席管教得好噢！我儿子去参军，我说：你出去当兵，对老百姓可要和气，可不要忘了本呵！眼下我可放了心啦，参加了解放军总会有出息！"

刘老太太也帮着战士们做事。战士们脱下了要洗的衣服，就藏起来，不敢让她看见。要不，你一转身，她就悄悄地把衣服拿走了，洗得干干净净，折得平平整整，又悄悄地放在你的床上。战士们怪不好意思，不忍心劳动她老人家。

队伍快要离开乌宿。刘老太太可真不痛快，老是背着人擦泪。部队临离开乌宿的那天晚上，刘老太太拿了一双鞋、一双袜子来看罗盛教。罗盛教一看就着了急，没等他开口，刘老太太就说："不让你开口，看你这孩子多淘气！我对你说：这一回你说什么也得把这鞋袜留下。要不我得生你的气哩！你别看这鞋子样子不时新，可结实，包你穿上半年。"推来推去，罗盛教说什么也不同意，老太太还是要让他把鞋袜留下。她说："你不是说解放军是老百姓的队伍，军民是一家？我问你：你妈妈给你鞋袜你收不收？"罗盛教还是不收："就算我穿了好不好。这鞋袜你换了钱留下买油盐。"刘老太太眼珠一转连说："好好，我留下。我拗不过你。"说着就坐下和罗盛教拉家常。她说："你们走了，我舍不得。我知道留也留不住。我没别的话，我要你听我一句话：你们年纪轻轻，离了老人，出门在外，冷了，热了，饥了，饱了，自己留心。身体好天下都去得，打仗就有狠劲。你家里老人就放心。我也放心。"刘老太太临走，拿起鞋袜说："这我可拿走啦！"罗盛教送出来，心里热辣辣的。

部队离开乌宿到了李家洞。罗盛教打开背包整理床铺，不觉一惊：那双鞋和袜子，在背包里塞着呢。罗盛教手里拿着鞋，仿佛见了刘老太太带着老花镜，凑在灯前，一针又一针努力地纳着鞋底……他见到了母亲的心。

五

在行军的路上

一九五〇年六月，美帝国主义发动了侵略朝鲜的战争。不久，罗盛教报名参加了中国人民志愿军。

部队一到朝鲜，每夜都是紧急地向南进军。罗盛教背着全连办公用的东西，加上自己的背包，足有五十多斤重。有人就问他："罗文书，你背这样多的东西干啥？可别把你这小个子压垮了！""垮不了。不把这些东西背上，就办不成公了。"他说着，头也不回，只顾紧紧地跟着前面同志的脚步前进。

这时候，他只有一个想法：说什么也不能拉下距离。在休息的时候，他才觉得脚上已经磨起了泡，扎针似的发痛。伸伸腿，腿关节也痛得厉害。可是，他想起了董存瑞行军的故事。董存瑞行军的时候，常常抢着替身体弱的同志背枪背背包。他的肩上总是背着两支枪，两个背包。他见旁的同志鞋头磨了个大窟窿，赶紧脱下自己的鞋来换给别人。白天黑夜地爬山过岭，脚底下不知道要磨成个什么样子哩！他不累吗？不觉苦吗？可是他总是有说有笑地鼓舞大家前进。我为什么不能和他一样呵！我们不是常说锻炼、考验等字眼吗。每当说起这些字眼，总是按不住心头的激动，总是渴望着马上投身到烈火般的斗争中去……这个愿望现在不正是实现了吗。罗盛教想到这些，马上全身都有了力气。

每次部队行军到了宿营地，同志们觉得每一分钟都是宝贵的。甚至连背包也不解下，就躺下来休息，抽一袋烟，喝一口水。罗盛教也一样。可是，他忽然想到了炊事班。他想：他们行军的时候背着背包还得担着担子。到了宿营地，马上就得挑水、生火、作饭。明天还得比旁人起得早。一定比自己累得厉害……于是他就赶到炊事班，挽起袖子就帮着干。他挑水、作饭全不外行，做起活来又很利索。炊事员们好跟他说几句笑话："罗文书，这样下去，你可犯了包办代替的毛病啦。"他也就说："可小心夺了你们的饭碗。"说得大家哈哈笑。

直到给同志们烧好了烫脚水，熟了饭，收拾好家具，他才回来睡觉。看到同志们已经舒舒服服地躺下了，甜蜜的鼾声起落不停，他心里感到幸福。这种幸福，只有在劳动中战斗中发奋忘我的人，才能感觉到的。

暴雨中的灯光

有一天晚上，下着大雨。天黑得伸手不见五指。部队冒着大雨继续前进。这比白天行军困难得多。只要有一个人拉下了距离，队伍后面的人就得拔腿追赶。滑倒了一个,后面的人也就常常跟着滑倒了。雨点顺着人们的耳朵根流到脖子里。衣裤湿得紧贴着皮肉。

雨越来越大,可是怎么也挡不住人们前进。

突然,在那黑暗里,远远地亮着一盏灯。

罗盛教走到灯的跟前,才看见一个老太太手里提着一盏保险灯。她任那瓢泼似的雨水浇着她的全身。她的嘴抿成一条线,一绺银丝似的白发,紧贴在额角上。在这深夜里,在这暴雨中,她站在这里干什么?原来紧挨着她的脚边,有一个深水坑。漆黑的水面上,晃荡着一片碎花花的灯光。罗盛教心里马上全明白了。

罗盛教走得老远,回头一看,那盏灯还在那大雨中,仿佛越来越亮了。他不知不觉地加快了脚步。

重重的苦难压不倒朝鲜人民

村里的房子差不多全被敌人毁成了一堆瓦砾。人们依着山坡挖下了洞,搭下了棚。棚的一半是在洞里。可是他们的生活并不散乱。一清早,人们弯着腰从棚里出来,走到小溪边,捧起清凉的河水擦脸。妇女们背着孩子,拿上锄、锹,到地里去劳动。锣声一响,敌机来了。人们就进了防空洞。敌机一过,人们又回到地里。他们要使燃烧着的土地,仍然长出丰茂的庄稼。晚上,人们掌着灯碾着军粮,常常是终夜不眠。哪一个棚里透出灯光,那里准是有人在赶着缝军装。常常是母亲和带着老花镜的祖母同做一件军装,默默地一针一针地引着线。朝朝夜夜地忙碌着,人们并不愁眉苦脸。从这些极细小的事情上也能看出,有一种力量支持着朝鲜人民。那就是对敌人斗争的决心,和必胜的信心。罗盛教看到这些,他想,这样的人民,终久是会得到幸福的。他在日记上写道:"重重的苦难,压不倒朝鲜人民。"

孩子的小红鞋

足足走了二十来天,部队在一个村子里住下了。不久以前,敌人到过这里。敌人挖了一个大坑，活埋了好几十个老百姓，堆成一个大土堆。那土堆就在村后的山沟里。罗盛教和另外几个同志从这里过。一阵风吹来，只见那土堆上的沙石"嚓嚓嚓"地往下滑。有一个同志在那沙石堆里，拣到了一只拴着鞋带的小红鞋，那只鞋，虽说经过风吹雨淋，可是颜色还是那样新鲜。罗盛教摸着那鞋，仿佛感到了那孩子的体温，看到了敌人残暴的情景。

　　罗盛教默默地回到村里，在他的日记本上，写了一首诗：

　　　　当我被侵略者的子弹打中以后，
　　　　希望你不要在我的尸体面前停留；
　　　　应该继续前进，
　　　　为千万朝鲜人民和牺牲的同志报仇！

文书工作也要适应战斗环境

　　到朝鲜不久，指导员就对罗盛教说："现在的环境不同了，在文书工作上，必须创造出一套新的工作方法来，适应紧张的战斗环境。"

　　罗盛教一想：指导员的话很对。比方说：有负伤的战士马上要转移，文书就必须马上找出他的军人登记表，要开介绍信，要转组织关系，要替他从班里把背包找来，一起让伤员带走……这些工作作慢了，多耽误一分钟，就让伤员多受一分钟的痛苦；要是把伤员送走后，再把这些东西送走，那么伤员到了那里，就不能马上领到需要的物品；伤员是党员、团员的话，也就不能及时地过党、团的组织生活了。于是，罗盛教就积极研究改进工作方法。他首先把每个战士的"军人登记表"整理得非常清楚，又重抄了一遍。平时，就常到班里和战士闲谈，问他们："你什么时候入伍的？""什么时候入党的？""有没有立过功？""有没有负过伤？"这样他对每个战士的印象加深了。平时，他常拿出"军人登记表"来，闭着眼想表里的内容。慢慢整个连队的

"军人登记表"上的内容，差不多都能记下来了。每次开介绍信、转组织关系，他就不用一字一字照着"军人登记表"抄了。一看名字，就全能写下来。这样，工作就迅速得多了，并且没有出过差错。

挖工事

可是，他渴望着去参加战斗，要亲手杀死敌人。每次他向指导员提出这个请求时，指导员总是说这么几句：

"你的决心很好，可是革命有分工。你做好了文书工作，不是跟消灭敌人一样吗？到了朝鲜还怕没事做？"

指导员的话对呵，要做的事情真是多得很。到了朝鲜还怕没事做？罗盛教每天做完自己的工作，一闲下来，就耽不住了。他想：同志们正在挖战壕，修工事，我怎么能闲着，于是他就赶到那里，卷起袖子，拿起洋镐，跟着大伙儿干起来。

正在这时候，炊事员担着担子，送水来了。

水桶还在炊事员的肩上，战士们纷纷解下茶缸，一下，水桶就见了底。罗盛教就抢着担起空桶，飞奔下山。不一会儿，炊事员和罗盛教各自担着一担水来了。罗盛教放下水桶说："敞口喝吧！管饱！"有人就说："真该给罗文书表扬表扬！"

搭桥

有一次，部队到前沿阵地去接防，路上过桥的时候，敌人的炮火把桥封锁住了。炮弹一个接连一个在桥前桥后爆炸，泥土大块大块地飞向天空，河水沸腾了。部队掩蔽在河边，每个人的身上，积满了尘土。等了好一会儿，还是不能过桥。看样子，敌人既发现了这个目标，决不会松手的了。罗盛教想：难道凭着他几个炮弹，当真就把咱们挡住了吗？他瞅见在河对面岸上，堆着几堆电线杆子。他想：为什么不把它拿过来，在别处搭一座桥呢。一想定当，马上就向连长建议。连长说："行！你就去，再带上两个人。"

罗盛教和旁的几个战士,游过了河。

在河的另外一个地方,便桥搭成了。部队很快地过了河。敌人的炮弹,还是发疯似的在那桥前桥后一个接连一个地爆炸。

扛弹药

管理排出发去扛运弹药,罗盛教要求参加。连长说:"这可不简单,要过封锁线,你行吗?"罗盛教说:"连扛弹药都不行,我到朝鲜来是干什么的?"连长同意了。

排长在前面领队,罗盛教就在队尾。排长说:"到时候可沉住气!"罗盛教笑笑没说话,紧了紧腰带,紧紧地跟着队伍走了。

每个人扛了五十来斤重的弹药回来。快到敌人的封锁线,敌人的探照灯闪电似地直晃。正在这节骨眼上,突然,敌人打起迫击炮来了。人们担心弹药叫敌人的炮火打着了。跑跑又趴下,趴一会儿又站起跑。有几个战士实在累坏了,趴着,背上压着五十多斤重的弹药包,压得连气都喘不过来。迫击炮弹越来越密,罗盛教看着着急。在这时候,动作一慢就会吃亏。罗盛教就大声喊道:"同志们!坚决完成任务,不向困难低头!跟我来!"他弯着腰就跑起来,人们就跟着他撵上来。在那探照灯的闪光中,人们就象脱了缰的马跑过去了。

罗盛教跑过了封锁线,又转回去帮着旁的同志扛弹药。直到人们全过了封锁线。

"我们一定要报仇!"

七月中旬,敌人的炮火常常打到我军阵地背后的村子里。有一天,罗盛教和两个炊事员正从阵地上送饭回来,才下山坡,忽然听见有小孩的哭声。他们寻声找去,在一座房子后面的防空洞旁边,有两个十岁左右的小孩,抱着一个四五十岁的妇女在哭。罗盛教急忙掏出急救包过去一看,那妇女的胸脯都被炮弹皮炸裂了。这时候,敌人还在打炮。炊事员就把两个孩子送到防空洞里。罗盛教跑到另一个防空洞里,找来了一位老大爷,把两个孩子交给他照顾。罗盛教回到连队以后,就发动大家捐东西给那两个小孩。他自己首先把仅有的一点钱、一双袜子、一双鞋、一件单衣都拿出来。最后,罗盛教跟几个同志一起埋葬了孩子的母亲。他们在坟前沉痛地说:"我们一定要报仇!"

第一次参加战斗

在罗盛教他们埋葬了这位朝鲜母亲不久的一个晚上,部队准备出发打伏击。罗盛教拿起几个手榴弹,向指导员再三要求一起去。他说:"指导员!这次你允许我去吧!我要给千万个朝鲜母亲和孩子报仇!"指导员答应了他的请求,分配他担任救护伤员的任务。

他们在一个山头上淋了一整夜的雨。修好了临时工事,埋伏起来,第二天敌人钻进了埋伏圈。我们的火力压住了敌人,可是敌人还是象蠢猪一样向前爬过来。一个土耳其兵已经爬到工事的前沿。挨近罗盛教的一个战士,猛一下跳出了工事,举起枪把直向那土耳其兵的头上打下去。罗盛教看着挺高兴。突然在他的右边炮弹爆炸了。他扭头一看,一个同志的头部挂彩了。他立刻跳出工事,冒着敌人的机枪扫射,冲过去替那位同志包扎好了伤口,把他背下山去,交给救护伤员的同志,又回到工事里。他拿起手榴弹,看着向工事的前沿爬来的敌人。他一咬牙,用尽力气举起手榴弹猛地扔了过去。"轰"的一声,他生平第一次扔出的一个手榴弹,在敌人的面前爆炸了。在那闪闪的火光里,看到敌人倒下了!他第一次实现了日夜所渴望着的愿望,他亲手杀死了敌人。

六

和朝鲜孩子在一起的时候

冬天到了。

罗盛教他们的部队,到了成川郡的石田里。

罗盛教一到那村子里，不几天就和村里的老百姓熟了。他住的那家房东老太太，一见旁的志愿军同志，就指指自己的家，用手比比高矮，竖起大拇指，意思是说：住在我家的那个矮个子志愿军同志真是好样儿的。

　　村里的孩子们也常常来找罗盛教玩。孩子们聚在一起的时候，就想起了罗盛教。他们先派一两个孩子跑到罗盛教住的地方，扒着门缝往里瞧。要是瞧见他正在工作，孩子们就悄悄地溜走了。要是他在休息，就"噢"的一声，蹦到屋子里，笑嘻嘻地跑到罗盛教面前，把他拉走了。门前早有一大群孩子等着呢。

　　罗盛教让他们排好队，教他们唱歌和做游戏。朝鲜的孩子们虽说不懂中国话，可是唱中国歌，只要教几遍，就会唱了。朝鲜的孩子们真聪明呵！

舍身救崔莹

　　过阳历年那几天，天气突然变得更冷了。温度一下就降到零下二十度。

　　一九五二年一月二日的清早，上操的时候，指导员号召大家努力学习军事技术，进一步提高战斗力。罗盛教记起河边上有两个打不响的手榴弹，用来练习掷弹最好不过。下了操，他就叫上理发员小宋，冒着冷得彻骨的风，朝河边走去。

　　远远望去，结着冰的河面，象是一块玻璃。河面上有四五个朝鲜少年正在滑冰，燕子似的掠过来又掠过去。当他们滑到河岸的时候，见了他俩就大声呼唤着。一转身，就又滑远了。小宋看得入了神，就对罗盛教说："我也去滑一会儿！"他说着弯下腰来紧了紧鞋带，滑到冰面上。

　　罗盛教沿着河边寻找着手榴弹。突然一声惊叫。罗盛教猛一回头，只见在那河的中央，有一个少年掉到冰窟窿里去了！他双手扑打了几下水面，一瞬眼就没了顶。

罗盛教抓起自己的帽子，往地下一扔，一弯腰直冲过去。一面连撕带扯地脱着衣服。当他跑到那里，全身脱得只剩下了一身单衣。

"扑通"一声，罗盛教一窜就钻进了冰窟窿，冰面上激起了一阵水花。

那河水有八尺多深，罗盛教在水底下摸了一阵，摸了个空。他赶紧钻出水面，深深地吸了一口气，一下又钻进水去。

罗盛教第二回又摸了个空，又钻出了水面。他张着大嘴直喘气。手指已经冻得僵硬了，浑身痛得象刀割似的。情况真是危急万分。怎么办？难道一个中国人民志愿军的战士，一个青年团员，能够见死不救吗？不！他一抿嘴，又钻下水去。

罗盛教到底把那少年摸住了。这时候，罗盛教全身麻木，手脚都不怎么听自己的使唤了。他把那少年托上了水面，那少年眯缝着眼，两手乱抓。半天才抓住了冰窟窿的边沿。眼看他快爬上冰面，突然"哗啦"一声，冰又塌了。连人带冰一齐又掉进水里。窟窿越来越大了。

小宋在远处看到了这情景，拔腿就往村里跑。村边有一根电线杆。他不管有多重，抱起电线杆子，往肩上一搁，直向河边拖来。

这时候，罗盛教又钻出水来。嘴里喷着水，脸、脖子、肩膀全紫了。他再也支持不住了。可是，那个朝鲜少年还在水底下呵！他艰难地吸了口气，一抿嘴又沉到水底，两脚踏着河底的碎石，硬用头和肩膀把那少年顶出了水面。

小宋正好赶到。他把电线杆子伸到那少年的身边。那少年抱着杆子被拉上冰面。

可是，那冰底的激流已把罗盛教冲到远处去了。

小宋不见罗盛教上来，他自己又不会游泳，就急忙奔回村里叫人。

人们用斧头砍开冰块，找到了罗盛教，把他抬上了岸。人们大声地叫他："罗盛教同志！罗盛教同志！"可是他再也不能睁开眼来，看一看这可爱的朝鲜的土地，看一看这些可爱的同志们了。

永远活在中朝人民的心里

一个中国人民志愿军的战士，为了救活一个朝鲜的孩子，交出了自己年轻的生命。一转眼间，村里的人们都知道了这件事。年老的母亲放下了手里的针线，孩子们的歌声停止了。人们默默地走出了自己的家门。

石田里二十多户的朝鲜老百姓，赶来围住罗盛教的遗体，象失去亲人一样地痛哭着。那个被救的朝鲜孩子，名叫崔莹。他更是哭得厉害。他说："罗同志舍身救了我，比我的亲哥哥还亲，我要亲自去安葬他。"他的母亲也说："罗同志为救崔莹而牺牲了他自己，这种恩情永远也报不尽呵！"村里有一名叫元善女的老太太，她献出一块准备自己死后用的好坟地，用来安葬罗盛教烈士。她对本村的劳动党支部书记崔台元同志说："我能把自己的这块好地让给罗同志，是我最大的安慰。你向志愿军同志说说吧！"

石田里的老百姓再三向罗盛教的连长和指导员说："罗同志为了救我们的孩子而牺牲了，请你们把他的遗体交给我们，让我们按照朝鲜人民最隆重的葬礼安葬他吧！"

中国人民志愿军某部领导机关接受了这个要求。

罗盛教住的那家房东老太太，一听说有个志愿军牺牲了，就匆匆忙忙到街上去打听。当她知道了牺牲的那个志愿军，就是住在她家天天替她担水的那个小个子，这时候，她的胸口象是被什么堵塞住了。她默默地拖着脚步走回家去，不知不觉就走到罗盛教住的屋里，她弯下腰伸手摸摸打得方方正正的背包——今天天刚朦朦亮她还看见罗盛教在打背包。她伸手摸摸罗盛教自己做的那把胡琴——在那滴水成冰的夜里，罗盛教用这把胡琴，拉奏过歌颂英雄、歌颂和平、歌颂人民大翻身的歌。每当她听到这些歌声，总使她想起过去的苦难，热烈地向往着幸福的明天。那歌声的余音仿佛还在耳边起落。她望着收拾得明净的桌子——罗盛教常伏在桌上写字，见她过来，总是抬起头，睁着孩子般的眼睛向她笑一笑，马上又低下头来写字。多么柔和明亮的眼睛呵！"他怎么会死呵！"

他多么年轻，他多么懂事。他是一个中国人，离开自己的老人，跨过千山万水来到这里，朝朝夜夜总是忙个不停。他是为了我们朝鲜人呵！他为了救一个朝鲜的孩子，跳到冷得彻骨的水里……他为了我们朝鲜人，他不怕死！他死了，他的老人们该多心痛，他的同志们该多心痛，每一个朝鲜人该多心痛！她想到这里，一头的白发，微微地颤动起来。

门外传来"唰唰"的脚步声。她推开扉门，阳光直射到屋里。她才记起快到晌午的时候了。一队中国人民志愿军，正打街上过。她眯着眼仔细端详着。她突然觉得他们每一个人都和罗盛教仿佛，几乎分不出来。都是那样的年轻、健壮、能干。

"他没有死呵！"

当天下午，石田里的少年们抬着罗盛教的遗体，到墓地去。全村的男女老少都跟在后面。人们紧闭着嘴，迎着呼呼的寒风，在那堆积着冰雪的路上，默默地走着。千言万语也说不出人们心里的沉痛和激动。可是，人们甚至可以感觉出来，自己的心里有一种力量在增长。

当少年们抬着罗盛教的遗体放进墓坑的时候，村里的人们围在墓坑的四周，最后一次看望亲人的容貌。这时候，所有的人都哭了。

崔莹端着一瓶酒、一碗豆腐、一碗饭（这是朝鲜最尊贵的祭礼），放在墓前的石桌上。他跪在墓前足有三十多分钟。他说："罗同志，我永远忘不了你的救命恩情，我们要世世代代纪念着你。我决心参加人民军，继承你的遗志，学习你全心全意为人民服务的精神，和志愿军同志一起去打败美国侵略者！"

第二天，崔莹离开石田里，走了数十里地，找到了人民军某部，要求参军。可是因为他不到参军的年纪，又被送回村里。他就发起组织了"罗盛教少年生产队"。努力生产，支援前线。

从朝鲜到我们祖国，在千千万万的中朝人民里边，在中国人民志愿军和朝鲜人民军队中，传颂着罗盛教这一个光荣的名字，和他不朽的英雄的事迹。

罗盛教同志的英雄行为，有着重大的意义，不仅仅是他牺牲了自己的生命救活了一个朝鲜少年，重要的是他这种自我牺牲的精神，使中朝两国人民的友谊进一步加强了，鼓舞了中国人民志愿军和朝鲜人民军的战斗意志，增加了中国人民抗美援朝的决心和力量。在中国人民志愿军里，大家拿罗盛教同志作自己的榜样，一提起他的名字，就会使人更深切地体会到一个国际主义战士应该怎样要求自己，怎样对待人民，怎样把国际主义的精神贯彻到自己的全部生活里去。在中国人民志愿军里，在罗盛教同志之后，接连出现了王永维、吕玉久、张明禄等舍身抢救朝鲜人民的不朽事迹。罗盛教成为中国人民志愿军伟大国际主义精神的光辉旗帜。

中国人民志愿军政治部，为了表扬罗盛教同志，给他追记特等功一次，并且授给他"一级模范""特等功臣"的光荣称号。

中国新民主主义青年团中央委员会，追认罗盛教同志为模范团员，并且追授予奖状。

朝鲜民主主义人民共和国追授予"一级战士荣誉勋章"。

罗盛教牺牲的那个村子已改名罗盛教村，村前的一条栎治河，改名罗盛教河，安葬他的佛礼洞山，改名罗盛教山。山上建立了纪念碑和纪念亭。纪念碑有一丈五尺多高。碑上有朝鲜人民领袖金日成元帅亲笔写的金色大字：

罗盛教烈士的国际主义精神与朝鲜人民共存

在山上，在河边，朝鲜人民常常唱着歌颂罗盛教的歌：

高高山，
中国英雄万万年，
我们心爱罗盛教，
赞美的歌儿唱不完。

罗盛教在中朝人民的心里，是一个永远活着的人。